Manipulation fatale

Duri Rungger

Books on Demand

Manipulation Fatale

Polar

Duri Rungger

ISBN 9782322259410

Edition : BoD - Books on Demand

12/14 rond point des Champs-Elisées, 75008 Paris

Impression :

BoD - Books on Demand, Norderstedt, Allemagne,

ISBN 978-2-3222-5941-0

Disponible comme e-book

Dépôt légal   Novembre 2020

1 Concurrence déloyale

Fred Sutter tambourina nerveusement sur le volant en cuir de sa voiture. Le rendez-vous avec le Dr Ward n'était pas de bon augure. Le propriétaire de la 'BioEnds' l'avait invité à une réunion sur des aspects financiers sans préciser de quoi il s'agissait. Comme sa start-up avait besoin d'une injection de fonds, Sutter n'avait pas le droit d'être difficile, même si un collègue l'avait prévenu que l'Américain était un sale escroc qui n'avait jamais rien publié de scientifique. Sa société BioEnds ne servirait que de façade pour faire chanter d'autres sociétés avec des accusations de plagiat et d'autres délits imaginaires à chaque occasion possible et impossible. Sutter ne se serait certainement pas rendu à Bâle pour rencontrer ce chercheur douteux, mais comme il devait y aller de toute façon pour un congrès, il pouvait faire cette visite en même temps. À son arrivée, il donna un coup d'œil sur l'établissement de Ward. La grande inscription *Bio-Ends* était la chose la plus impressionnante de ce modeste hangar peint à neuf. Apparemment, il y avait au moins quelques animaux de laboratoire dans cet établissement, car lorsque Sutter sortit de sa voiture, il eut une légère crise d'asthme, comme toujours lorsqu'il s'approchait de souris. Il ne pouvait pas laisser sa voiture devant le hangar et risquer que des poils de souris s'y introduisent. Il se mit à chercher une place de parking ailleurs.

Il aimait généralement conduire dans sa Toyota GT blanche et basse avec un spoiler spécial, de grands tabliers et des jantes larges. Un lettrage discret, *Tuning by Frey.ch*, révélait qu'il s'était procuré cette édition spéciale en Argovie. Il l'avait achetée pour remplacer la

Ferrari, un cadeau de son père pour son doctorat et qu'il avait vendue afin de faire de l'argent pour sa start-up. N'importe la voiture qu'il conduisait, la recherche d'une place de parking libre à Bâle était aussi désespérée qu'à Zurich et il en avait marre.

„Enfin!" Une femme ouvrit la porte de sa voiture et se mit à y mettre d'innombrables sacs d'achats. C'était incroyable le temps qu'il lui fallait pour le faire. Sutter dirigea sa GT dans l'espace vide. Sortant de sa voiture, il donna un coup d'œil à l'horloge. Il arriverait chez Ward avec vingt minutes de retard, mais ça ne le dérangeait guère. Ce retard montrerait qu'il n'était pas si facile de l'impressionner.

Le petit homme gros et roux, en costume moulant et pantalon trop court, examina longuement son visiteur grand, vêtu de manière décontractée mais élégante, et le salua avec effusion: „Welcome, dear Fred. Nice to meet you!" Il tendit la main à Sutter et lui tapota doucement l'épaule avec l'autre.

Ce geste condescendant ennuyait Sutter tellement qu'il répondit plus brusquement que prévu: „J'ai un doute sur le plaisir", dit-il délibérément en suisse allemand.

L'Américain, qui vivait à Bâle depuis cinq ans, n'avait pas jugé nécessaire d'apprendre l'allemand et ne se laissait pas décourager. „Please, come in!" Il conduisit son invité dans un bureau meublé de façon féodale et alla droit au but – naturellement dans son large argot américain: „Aujourd'hui, d'excellentes techniques sont disponibles pour réparer des gènes défectueux, mais il est encore difficile d'introduire l'ADN du donneur dans des cellules spécifiques de façon ciblée. Dans ce but, j'ai construit, par manipulation génétique, une protéine navette[1] qui transporte sélectivement les gènes dans les ovocytes.“ Avec un haussement d'épaules de dédain, il prétendit avoir inventé cette technique quelque temps avant que Sutter ne dépose une demande de brevet pour sa procédure étonnamment similaire.

Ward expliqua que sa protéine de transport se comportait comme la substance prédominante de stockage de l'œuf, la vitellogénine, qui était produite dans le foie et atteignait l'ovaire par la circulation sanguine. Passant par les capillaires du follicule, elle était captée par des molécules à la surface de l'ovocyte et transportée à l'intérieur de la cellule[2]. Le court signal protéique avec lequel elle s'arrimait à l'ovocyte avait été incorporé dans la protéine de transport, et celle-ci migrait maintenant dans les cellules germinales tout comme la protéine de réserve. À l'intérieur de la cellule, grâce à un signal de localisation nucléaire incorporé, la navette était transportée dans le noyau, amenant le gène attaché. Ward n'expliqua pas, comment l'ADN était lié à la protéine de transport, peut-être pour donner l'impression qu'il ne voulait pas révéler certaines astuces à son concurrent. Il conclut ses remarques en soulignant que sa technique permettait une manipulation génétique de la lignée germinale par une simple injection dans le sang de la mère, une manipulation peu invasive et beaucoup moins coûteuse que la fécondation in vitro et l'implantation d'embryons génétiquement modifiés.

Si Sutter n'avait pas été aussi ennuyé, il aurait ri au nez à Ward qui avait décrit presque littéralement la

---

[1] I Navette pour gènes
[2] II Transport de gènes dans l'ovocyte

procédure figurant dans la demande de brevet que lui-même avait soumise il y avait dix mois. Au moins, l'usurpateur avait bien mémorisé le texte et l'avait présenté clairement. Le prenait-il pour un idiot? Il n'était pas évident non plus, pourquoi Ward tentait de faire chanter sa société maintenant de tous les temps, alors que sa situation financière n'était pas rose.

Peut-être Ward avait appris qu'un laboratoire de biotechnologie de Bâle avait l'intention d'obtenir une licence pour cette technologie développée par le laboratoire de Sutter. Probablement, l'usurpateur espérait tirer quelque chose de cette transaction.

Ward n'avait pas mentionné dans sa présentation que le transport ciblé de gènes ne fonctionnait que chez les amphibiens, et d'autres espèces comme les oiseaux et poissons produisant des œufs riches en réserves nutritives. S'il avait vraiment réussi à appliquer la technique aux mammifères, il l'aurait souligné. Cela aurait constitué un énorme progrès et aurait prouvé que Ward faisait des recherches sérieuses. Dans ce cas, Sutter aurait dû s'entendre avec lui. Son groupe à Zurich avait tenté, jusqu'ici en vain, de modifier la navette de manière à ce qu'elle migre également dans les ovules de mammifères. En outre, son équipe avait récemment réussi à relier des ciseaux à gènes, CRISPR-Cas9, à la navette et à les introduire dans les cellules en même temps que l'ADN. Le découpage du gène cible qui devait être modifié, facilitait l'échange génétique énormément. Il n'en parlerait certainement pas à Ward.

Pendant qu'il réfléchissait à tout cela, Sutter n'avait plus vraiment écouté. Il ne se reprit que lorsque Ward affirma qu'il pouvait prouver à l'aide de protocoles de laboratoire et de documents numériques datés qu'il avait développé cette technique en premier. Néanmoins, en tant que personnes raisonnables, ils pouvaient certainement parvenir à un accord à l'amiable.

Sutter réfléchit fébrilement à la façon dont Ward allait justifier son bluff. Un document mal daté et d'apparence ancienne pouvait facilement être contrefait sur une vieille machine à écrire. Les documents numériques étaient encore plus faciles à manipuler. Mais si Ward voulait s'opposer formellement au brevet, ses documents seraient minutieusement examinés par les spécialistes de l'Office européen des brevets, qui connaissent toutes ces astuces. Son objection ne serait pas traitée plus avant si Ward ne pouvait pas présenter un document notarié et daté. Il était tout à fait certain que ce parasite n'irait pas si loin et tentait simplement d'extorquer une petite somme d'argent.

Sutter doutait que des tentatives de chantage aussi grossières avaient la moindre chance de réussir. Les grandes entreprises pharmaceutiques avaient d'excellents avocats, mais peut-être préféraient-elles parfois payer une somme insignifiante pour ne pas perdre de temps à déposer un brevet. Il n'était pas au courant de telles ruses juridiques, mais tout était possible. En tout cas, Ward avait dû vivre sur quelque chose ces dernières années. Quoi qu'il en soit, il n'obtiendrait pas un seul franc de lui.

„Vous êtes ridicule, Mr. Ward, au revoir.“ Sutter claqua la porte derrière lui, sourit gentiment à la réceptionniste horrifiée et s'apprêtait à quitter la maison lorsque Ward lui cria derrière: „Don't think it's over!“

~

Le congrès de génie génétique GeneMed 2018 se tenait au palais de congrès. Sutter allait y présenter son travail pour rappeler à certains investisseurs ses projets de recherche, qui se trouvaient dans leurs tiroirs depuis des mois. Il déposa sa GT dans le parking et alla s'enregistrer au bureau du congrès. Ensuite, il traversa la place d'exposition pour se rendre à l'hôtel Hyperion. Vu la situation actuelle de sa start-up, il aurait été plus sage de chercher refuge dans l'auberge de jeunesse. Toutefois, quiconque voulait établir des relations avec des hommes d'affaires et des entrepreneurs devait créer une impression solide, indépendamment du fait que les personnes auxquelles il parlait n'auraient pas mieux fait de loger dans un logement modeste eux aussi.

Le congrès était organisé par une agence professionnelle facturant des frais de participation élevés. Pour les représentants des start-ups, la participation était gratuite. L'industrie pharmaceutique, au nom de laquelle le congrès était organisé, voulait probablement laisser vivre les petites structures de recherche au moins jusqu'à ce qu'elles produisent des résultats utiles et puissent être rachetées.

Arrivé dans sa chambre, Sutter accrocha son costume sombre et ses chemises dans l'armoire, rangea le linge dans la commode et prit une douche pour se débarrasser des derniers poils de souris. L'ouverture de la réunion était prévue à cinq heures. Il mit le réveil sur quatre heures et s'allongea sur le lit en espérant faire une sieste. Toutefois, il n'arriva pas à s'endormir.

Ward n'était pas le seul problème qui l'occupait. La situation financière de sa start-up était beaucoup plus préoccupante. Il avait fondé la 'KOKI' presque contre son gré. En fait, il avait toujours songé de poursuivre des recherches dans une université sans trop de souci. Au début, ses chances pour une carrière universitaire étaient bonnes. Avec une thèse sur le transport des protéines de la surface cellulaire au noyau de la cellule, il avait obtenu son doctorat à Zurich et entamé ensuite un séjour postdoctoral à Cambridge. Là, il y avait développé la protéine navette qui transportait les gènes dans les œufs de grenouille – et dont Ward lui avait gentiment expliqué le mode de fonctionnement aujourd'hui encore. Cette technique facilitait grandement la modification génétique des embryons, mais elle n'était intéressante pour des applications médicales que si elle pouvait être appliquée aux mammifères. Étonnamment, le chef du laboratoire hôte avait accepté de laisser des souris entrer dans son sanctuaire voué aux amphibiens.

À Cambridge, les plans de haut vol de Sutter s'étaient soudainement écroulés. Dès qu'il commença à travailler avec des souris, il développa une allergie aux poils et souffrait de graves crises d'asthme s'il s'approchait les animaux. Dans ces conditions, il était impossible de poursuivre son projet. En tant qu'assistant postdoctoral, il ne pouvait pas s'asseoir dans un bureau comme certains professeurs et laisser les collaborateurs faire les manipulations pratiques à l'autre bout du bâtiment, la seule façon à laquelle il aurait pu poursuivre ses recherches. Avec son expérience encore limitée, ses chances d'obtenir une chaire de professeur ou même un poste de chercheur permanent étaient minimes. Un laboratoire de recherche médicale ou l'industrie pharmaceutique aurait pu être intéressé par sa technologie mais dans ces établissements il y avait le danger qu'un projet soit abandonné du jour au lendemain parce qu'il progressait trop lentement ou parce que d'autres priorités étaient fixées dans l'entreprise. En outre, il avait toujours voulu planifier et mener ses recherches de manière indépendante. La seule façon d'y parvenir malgré son allergie était de créer une start-up dont il était le seul responsable.

Sutter avait toujours été un homme de décisions rapides. Il abandonna son poste en Angleterre, retourna à Zurich et passa quelques mois à faire part de son idée à des avocats spécialisés et à chercher des sponsors. Les 140 000 francs de financement fédéral suffisaient à peine à payer les intermédiaires, et il était sur le point d'abandonner. Puis son avocat le surprenait en annonçant qu'un investisseur privé était prêt à investir trois millions – sans poser des conditions sur la manière dont la société fonctionnerait, mais en échange d'une part importante des éventuels bénéfices ou du prix de rachat par une grande entreprise.

Alors qu'il mettait sur pied sa start-up, son père tomba malade et mourut quelques semaines plus tard. En tant qu'ancien propriétaire d'une petite usine d'instruments de précision, il avait accumulé une belle fortune, qui revenait à son fils. En plus de la villa sur le Zürichberg, que Sutter habitait désormais, le domaine comprenait également l'ancienne usine qui revenait à son fils. Ce bâtiment était idéalement adapté pour abriter un laboratoire de recherche et des locaux séparés pour les animaux pour les expériences. Rien ne s'opposait donc à la création de sa société 'KOKI'.

Sutter leva les sourcils. Même après trois ans, ce nom lui semblait encore étrange à l'oreille et il était surpris que personne n'ait essayé de leur commander du Coca-

Cola. Aussi fantaisiste qu'il soit, le nom était correct. KO et KI signifiaient knock-out et knock-in, les termes communs pour éteindre ou insérer un gène dans le génome d'une cellule. Le choix n'avait pas été très large de toute façon. Des noms qu'il aurait préférés, tels que 'Genetec', 'Medtech', 'Transgene', 'Newgene', 'Genecorr' et bien d'autres, étaient déjà pris par d'autres entreprises.

Comme pour toute recherche, les travaux progressaient plus lentement que prévu. Sutter ne s'attendait pas à faire des bénéfices après si peu de temps, mais il n'avait pas non plus prévu que les fonds disponibles disparaîtraient aussi rapidement. Le maigre capital initial de trois millions avait très vite diminué avec la création du laboratoire et l'achat d'équipements, d'enzymes et de produits chimiques. Les salaires de deux scientifiques, d'un technicien qui s'occupait également des animaux et d'une secrétaire dévouée qui était payée à temps partiel, mais travaillait à plein temps, avaient absorbé le reste. Depuis plusieurs mois, il payait les gens et les consommables de sa poche.

Sa demande de brevet pour la protéine de transport était désormais déposée depuis dix mois à l'Office européen des brevets et le rapport de recherche serait terminé bientôt. Si la procédure devait se poursuivre, il devait soumettre une demande définitive et la procédure n'était pas gratuite. De toute façon, il avait besoin de trouver de nouveaux financements pour poursuivre ses travaux. Outre l'intérêt scientifique, c'était une autre raison de participer au congrès, qui réunissait de nombreux investisseurs, des analystes du marché privé, ainsi que des responsables de la planification et des directeurs de grandes entreprises pharmaceutiques.

Sutter consulta l'horloge. Il était seulement deux heures et demie. Il se recoucha, ferma les yeux et essaya de dormir, mais se redressa immédiatement quand les autres problèmes non résolus commençaient à envahir ses pensées. Le plus délicat était son mariage avec Evita. Il avait épousé deux ans auparavant la très recherchée princesse de la vie nocturne. Leur mariage avait même valu une photo dans la colonne des potins du supplément dominical *Gesellschaft* de la NZZ. Il avait rencontré Evita dans la vie nocturne zurichoise. Elle flirtait avec beaucoup de gens, mais n'entretenait pas de relation durable et s'était honnêtement méritée son surnom de „Princesse d'une Nuit". Soudain, elle ne connaissait que lui et avant qu'il ne le sache, ils se tenaient devant l'officier d'état civil. Au début, ils étaient heureux ensemble. Dès qu'il avait commencé à investir des fonds privés dans l'entreprise, la relation se détériora rapidement. Entre-temps, il avait réalisé avec amertume qu'elle l'avait épousé uniquement en raison de son héritage dont elle avait probablement eu connaissance grâce à une des colonnes de ragots qu'elle préférait.

La semaine dernière, la situation déjà précaire avait explosé. Lorsqu'il lui demanda de freiner un peu sa frénésie d'achats, elle le regarda avec mépris sans dire un mot. Le lendemain, elle jeta triomphalement une demi-douzaine d'emballages provenant des magasins les plus chers de la ville sur son bureau, à la suite de quoi il fit immédiatement bloquer sa carte de crédit. Depuis lors, elle ne parlait que de ce que le divorce allait lui coûter.

Avec un soupir, il descendit du lit. Il ne pouvait pas se torturer pendant des heures avec des pensées aussi sombres, sinon il deviendrait fou. Une petite promenade lui ferait du bien. Suivant la Clarastrasse, il se promenait vers le Rhin. Il ne se passait pas grand-chose ce lundi-là. De nombreux magasins restaient fermés toute la journée et il n'y avait aucun signe de l'agitation d'avant Noël, même si les vitrines étaient déjà décorées de bougies et de boules de Noël – six semaines avant la fête. Par ce temps exceptionnellement chaud, les pères Noël d'inspiration américaine enfermés dans les vitrines auraient certainement transpiré à mort avec leurs épais costumes rouges, s'ils n'avaient pas été en plastique.

Arrivé sur le pont, Sutter s'arrêta, s'appuya à la balustrade et regarda longtemps le Rhin. Lentement il arrivait à mettre ses soucis de côté. Soulagé, il remonta au Münsterplatz, prit un café au 'Zum Isaak' et parcourut le journal. Ensuite, il était temps d'aller à l'hôtel et de se préparer pour la réception qui avait lieu dans le noble hôtel Les Trois Rois, juste en dessous du pont sur le Rhin. Au passage, il regretta un peu de ne pas avoir fait sa promenade en ville dans ses vêtements du soir. Cela lui aurait évité de remonter et redescendre la Clarastrasse rien que pour se changer.

Lorsque Sutter sortit de l'ascenseur dans le hall, de nombreux participants au congrès s'y trouvaient, à juger des badges qu'ils portaient. Les femmes s'étaient faites belles et la plupart des hommes portaient des costumes et des cravates. Par rapport à un congrès de médecins, où surtout les compagnes portant des bijoux coûteux essayaient de se surpasser, l'effort était pourtant limité. Les investisseurs participant à l'événement portaient des tenues plutôt décontractées et les scientifiques ne pouvaient de toute façon pas se permettre d'acheter des costumes sur mesure. Certains participants plus âgés avec une chevelure sauvage étaient probablement des biologistes moléculaires grandis à l'ère hippie. Les étudiants qui les accompagnaient portaient des jeans usés et des baskets. Sutter regardait à travers la foule, mais ne détecta personne qu'il connaissait. Il se dirigea résolument vers la sortie. Comme si la foule indécise avait attendu ce signal, elle le suit.

Alors que le cortège traversa la place devant l'hôtel, Sutter était amusé par le mélange bigarré de gens qui le suivait, et pourtant, tous ces congrès se ressemblaient. Des personnes qui se connaissaient déjà ou qui venaient de découvrir qu'elles travaillaient dans le même domaine, se chamaillaient sur les détails techniques de la recombinaison génétique, se disputaient sur la fiabilité des résultats obtenus en culture cellulaire, ou se donnaient des conseils sur la source de CRISPR la moins chère et pourtant fiable. D'autres se limitaient à spéculer sur la durée du discours de bienvenue et sur le menu du repas offert.

Juste derrière Sutter, un Américain cria dans son téléphone portable et demandait aux collègues du labo quoi au diable il pouvait bien en dire dans sa présentation sur la diapositive tout juste reçue par e-mail. Il s'agissait évidemment d'un de ces touristes de congrès qui n'avait pas vu son laboratoire depuis des semaines et qui avait besoin de nouvelles données à présenter, vu qu'il avait fait le même exposé sur trois continents sans aucune modification. L'explication semblait compliquée, car l'homme s'arrêta et chercha un stylo dans sa poche.

Deux hommes plutôt âgés se collaient derrière Sutter qui pouvait entendre une partie de leur conversation: „Je viens d'apprendre qu'une autre des start-ups dans lesquelles j'ai investi a fermé ses portes. C'est déjà la quatrième fois que je peux dire au revoir à jamais à mon argent.“

"On dit que si on peut faire un gros coup sur un investissement sur dix, on a eu de la chance. Il suffit de continuer à investir“, lui conseilla son compagnon.

„Je commence à manquer de capital pour cela. J'ai juste trouvé une petite ruse de me refaire: J'ai appris que la 'Raremed' a récemment fait des progrès prometteurs, mais il semble qu'ils n'arrivent pas à mener à bien leurs projets avant de faire faillite. Le propriétaire essaie maintenant de faire en sorte que Jaccard finance sa boîte.

„Et tu veux vraiment t'impliquer dans cette affaire? Nous sommes des nains contre Jaccard.“

Sutter écoutait attentivement ce que l'investisseur sournois préparait. Après tout, le chef de la 'Raremed' était un ami et s'intéressait à sa protéine navette.

J'ai proposé aujourd'hui à Jaccard de ne pas financer la boîte. Si l'entreprise ne reçoit pas d'injection d'argent, je pourrais acheter ses résultats à bon marché et les revendre avec un profit énorme. J'ai offert à Jaccard une part du gain.

Sutter était à deux doigts de donner son avis à ce salaud. Il fut empêché de le faire par une jeune étrangère qui s'accrocha à lui. „Tiens-moi bien, ou je vais arracher les yeux de ce vautour." Elle le dit si fort que le destinataire devait l'entendre.

Surpris, il saisit la femme enragée par le haut du bras. Au fur et à mesure qu'ils avançaient, il observait subrepticement sa nouvelle accompagnatrice. Elle était petite et gracieuse. Sa frange de cheveux noirs et crépus ne montrait que le petit bout de son nez, légèrement relevé.

Il était sur le point de lui parler lorsque le compagnon du comploteur derrière eux grogna: „Elle a raison pour le vautour. Tu es un spéculateur pourri et une honte pour toute notre guilde. Trouve-toi une autre compagnie."

La compagne de Sutter lui donna un coup de coude si fort sur le côté qu'il se tortilla. „Il est bon d'entendre qu'il y a encore des gens honnêtes. Maintenant, tu peux me lâcher, mais puis-je rester accroché? Je suis Silvia Grossmann."

„Fred Sutter", il se présenta à son tour. „Tu es dans la recherche?" d'après sa précédente réaction, il prit cela pour acquis.

Elle sourit d'un air penaud. „Au moins pour l'instant. Je ne sais pas combien de temps encore."

„Recherche postdoctorale sans résultat, poste d'assistante à durée limitée, employée d'une société en faillite ou naissance du premier enfant et aucune place à la crèche?", demanda Sutter sans détour.

„T'as raison pour la deuxième suggestion. Le crédit de recherche qui couvre aussi mon salaire arrive à échéance." Silvia n'hésita pas à expliquer sa situation: Après son doctorat en immunologie, elle s'était mise à développer de nouveaux antibiotiques chez un professeur assistant à Bâle. Elle travaillait sur ce projet pendant deux ans lorsque son patron obtint un poste de professeur en Allemagne. Il voulait l'emmener avec lui, mais son sujet ne s'inscrivait pas dans le programme de l'institut là-bas, et elle ne voulait pas l'abandonner. Au moins, elle était autorisée à continuer à travailler à l'université jusqu'à l'expiration du crédit, dans un peu moins d'un an. Une prolongation était exclue parce qu'une requérante n'était pas autorisée à demander au Fonds national son propre salaire et que l'université ne voulait contracter aucune obligation.

„J'ai des préoccupations similaires. Ma start-up sera bientôt à court d'argent elle aussi. Nous devons porter un toast à cela plus tard! Parle-moi de ta recherche de nouveaux antibiotiques. C'est une priorité aujourd'hui et personne ne veut s'en occuper."

Silvia expliqua qu'elle avait fabriqué des extraits de toutes sortes d'organismes possibles et impossibles: champignons, algues, plantes et même œufs de grenouilles africaines.

Sutter avait lui-même travaillé avec Xenopus et demanda pourquoi elle cherchait des antibiotiques dans les œufs de ces batraciens. Elle lui rappela que ces animaux pouvaient se développer même dans de l'eau extrêmement sale et devaient avoir une bonne défense contre les infections, mais on ne savait pas encore si cette résistance était due à un antibiotique.

Silvia avait déjà obtenu des extraits à partir de différents organismes qui inhibaient la croissance bactérienne. Elle devait maintenant prouver qu'il ne s'agissait pas seulement de poisons proscrits pour une utilisation médicale. Ces recherches étaient coûteuses et pouvaient difficilement être menées avec les moyens dont elle disposait. Elle espérait trouver lors de cette réunion un laboratoire avec lequel elle pourrait poursuivre son travail.

La jeune chercheuse était furieuse: „Depuis quatre-vingt-dix ans, la médecine utilise des antibiotiques pour toutes les petites choses, les rhumes, les maux d'oreilles et autres broutilles. Pire encore, les agriculteurs nourrissent systématiquement leur bétail avec ces produits. En conséquence, des germes résistants se sont développés et des personnes meurent d'infections banales. Bien sûr, les quelques antibiotiques encore efficaces sont de plus en plus utilisés dans l'élevage de porcs et l'industrie pharmaceutique fait rien pour développer de nouveaux produits. Ils ne sont pas intéressés par des médicaments faciles à produire et qui devraient être vendus à un prix raisonnable. Les pilules qu'ils peuvent vendre à cinq mille francs la pièce sont beaucoup plus attrayantes.

Ils étaient arrivés devant l'entrée de l'hôtel Les Trois Rois. Dans le hall, Sutter suggéra: „Allons-nous rester ensemble ce soir? Je vais rencontrer ici un ami qui devrait t'intéresser. Il partage ton point de vue et fait des recherches sur des maladies rares qui sont apparemment financièrement peu attrayantes pour la recherche industrielle. Peut-être pourriez-vous réunir vos efforts.

~

Heureusement, le discours d'ouverture du congrès fut bref mais l'apéritif était riche et le champagne était généreusement versé. Sutter se sentait à l'aise en compagnie de sa connaissance fortuite avec son sourire d'enfant malicieux. Une seule chose l'inquiétait. Peter Frei était introuvable. Ce n'était que lorsqu'il emmena Silvia faire un tour dans le vestibule qu'il vit son ami en compagnie d'un puissant colosse assis à une fenêtre donnant sur le Rhin. C'était Jaccard. Sutter ne connaissait le géant que de vue. Il était connu dans l'industrie comme un investisseur solvable et prévoyant. La conversation semblait terminée. Les deux hommes se dirent au revoir par une poignée de main. Sutter se fit connaître, et Peter se dirigea droit vers lui.

„Fred, tu ne vas pas le croire. Jaccard vient de promettre d'investir cinq millions dans mes projets – avec la perspective de nouveaux prêts. Nous en avions parlé a plusieurs reprises, mais il ne voulait prendre une décision que plus tard. Aujourd'hui, dès que je suis arrivé ici à l'hôtel, il m'a approché et m'a dit qu'il voulait conclure le contrat rapidement. Aujourd'hui, un fin-connaisseur de l'industrie lui aurait dit à quel point la recherche dans 'Raremed' avait progressé, et il a donc décidé de rejoindre la société immédiatement.

Sutter pensait savoir i était cet expert de l'industrie et admirait Jaccard pour son attitude. Silvia semblait penser la même chose et lui fit un clin d'œil conspirateur. Ce n'était que maintenant que Frei la remarqua et regarda son ami d'un air interrogateur.

„Désolé de ne pas vous avoir présenté. Peter Frei, Silvia Grossmann. Je crois que vous avez beaucoup de choses à vous dire, mais portons d'abord un toast à ton succès, Peter. Silvia et moi t'expliquerons le contexte du changement rapide d'avis de Jaccard et de l'habile connaisseur de l'industrie qui l'a conduit à sa décision."

Les participants furent invités dans la salle à manger et, aussitôt qu'ils s'étaient assis, Peter aborda la question qui lui tenait à cœur: „Nous en avons déjà parlé plusieurs fois, mais maintenant je peux enfin me le permettre: combien coûterait l'utilisation de ton brevet de navette? Nous avons isolé certains gènes dont nous soupçonnons qu'ils pourraient avoir un effet positif sur une maladie. Afin de tester leur efficacité, nous devons produire de petites quantités des protéines qu'ils produisent. Pour ce faire, nous voudrions injecter ta navette avec les gènes attachés dans le sang de cailles, et ensuite nous pourrions isoler les protéines correspondantes des œufs.

„J'aimerais te laisser utiliser notre technique gratuitement, au moins jusqu'à ce que tu fasses de juteux profits, mais je ne peux pas me le permettre. Moi aussi, j'ai un besoin urgent d'argent pour ma start-up. Nous pouvons en parler demain. Laisse-moi faire le calcul d'abord." Sutter avait des idées très précises sur le prix, mais ne voulait pas gâcher le dîner en marchandant.

Au cours du repas, Silvia et Peter discutaient d'une éventuelle collaboration et se mirent d'accord qu'elle devrait épuiser son crédit à l'université et ensuite continuer à travailler sur son projet dans le laboratoire de Peter. Après cela, les deux parlaient boutique et, en tant qu'étranger dans ce domaine, Sutter pensa qu'ils auraient tout aussi bien pu discuter les finances ou raconter des blagues. Après le dessert, il partit à la recherche de Jaccard, à qui il avait déjà soumis les projets de la 'KOKI', mais une conversation personnelle pouvait faire avancer les choses. L'investisseur était déjà parti.

Il était tard quand ils se dirent au revoir devant „Les Trois Rois". Fidèle à ses principes, Pierre avait pris une chambre dans un logement bon marché près du Spalentor et partait dans cette direction. Bras dessus bras dessous, Silvia et Sutter retournèrent au „Hypérion." Après un dernier verre au bar de l'hôtel, il était temps d'aller dormir. Devant l'ascenseur, Silvia prit Fred par la main. „Je suis tellement excitée et heureuse d'avoir trouvé une solution à mes problèmes que je ne pourrai certainement pas dormir cette nuit. Tu me tiendras compagnie?"

Gina Berri était assise dans le café Sprüngli au Paradeplatz et sirotait un Prosecco. Elle n'était pas venue dans cet établissement depuis longtemps, mais aujourd'hui, elle y avait un rendez-vous. Son amie Evita avait réservé la table. Apparemment, elle était une bonne cliente ici, sinon on ne lui aurait guère donné une place près de la fenêtre à l'heure du déjeuner. Gina regarda autour du café. L'endroit était bondé et semblait être la destination préférée de femmes seules ou de petits groupes de femmes. Après tout, il y avait aussi quelques couples, et même trois hommes sans escorte féminine avaient osé s'arrêter ici. À la table à côté d'elle était une jeune femme élégante qui aurait été plus belle si elle n'avait pas peint ses lèvres d'un rouge aussi vif. Elle avait l'air d'avoir oublié de sortir sa tétine. À son arrivée, elle avait posé son manteau de vison beige sur la chaise encore vide de la table de Gina, la regardant avec défi. Elle semblait certaine que personne n'oserait la réprimander. Cela aurait été assez audacieux, car elle était accompagnée de deux hommes massifs au crâne rasé qui étaient probablement ses gardes du corps et qui surveillaient les autres clients du restaurant de façon suspicieuse, prêts à sortir une kalachnikov de sous la table pour la protéger. Gina supposa qu'elle était la fille d'un potentat d'un pays de l'Est, mais elle ne connaissait pas la langue dans laquelle ses voisins parlaient.

Où était Evita? Elle avait déjà plus de dix minutes de retard. C'était tout elle. Evita n'avait jamais été à l'heure, mais cette fois-ci, elle avait convoqué une réunion 'de toute urgence'. Gina espérait que son amie n'aurait qu'une demi-heure de retard pour un rendez-vous qu'elle avait elle-même arrangé et non, comme d'habitude, une heure entière. Peu importe, dans cinq minutes, elle se commanderait quelque chose à manger et partirait. Elle devait être au travail à deux heures. Néanmoins, elle espérait revoir Evita. Dans leurs ans de folie, elles avaient fréquenté les pubs et les boîtes de nuit en vu et fait tourner la tête de jeunes hommes inoffensifs – et souvent plus âgés – qui les invitaient à des boissons coûteuses. Parfois, elles avaient choisi deux types similaires comme cibles et firent un pari sur laquelle d'elles pourrait mener la victime choisie au lit le plus rapidement. Evita avait presque toujours gagné. Avec ce souvenir, Gina sourit d'un air amusé.

Fred Sutter avait été un pôle important de leur clique. Lorsqu'il partit en Angleterre après avoir obtenu son diplôme, les choses étaient devenues un peu plus calmes. Après son retour, elle était sortie avec lui pendant une longue période – dans la mesure de leurs habitudes. Cette fois-ci, il n'y avait pas de rivalité avec Evita, qui venait de se lier d'amitié avec un industriel italien prétentieux, mais dont elle se débarrassa rapidement lorsqu'elle apprit qu'il était fauché.

Son amitié avec Fred avait également connu une fin abrupte. Un soir, au bar à côté d'eux, une charmante étudiante blonde et son compagnon fêtaient la réussite d'un examen. Fred tomba immédiatement amoureux de cette beauté et invita tous les deux à boire du champagne. Après cela, Fred et la petite n'étaient plus là que pour eux-mêmes et ne se souciaient plus de rien d'autre. Fred devait avoir entretenu une relation étroite avec l'étudiante par la suite, car il ne se présentait plus aux endroits habituels. Gina avait appris ensuite que son père était mort et lui avait laissé une énorme fortune.

Peu après, Evita lui demanda d'être demoiselle d'honneur à son mariage avec Fred. Lorsqu'il s'agissait d'une bonne affaire, Evita était vraiment rapide. Gina devait le reconnaître.

„Ciao Gina, ça fait longtemps qu'on ne s'est pas vues." Gina reconnut son amie à peine. Ses cheveux, auparavant rouges rouille et ondulés, étaient maintenant longs, raides et blonds platine. Le visage avait peu changé, seules les lèvres fraîchement gonflées étaient peintes en brun argenté, ce qui lui donnait une apparence moins enfantine que la moue rose qu'elle préférait auparavant. Après l'échange de bisous, Evita voulut s'asseoir, mais sur sa chaise se trouvait encore le manteau de fourrure de la voisine, qui ne fit aucun geste pour l'enlever. Sans hésiter, Evita ramassa la pièce coûteuse et la jeta négligemment sur le sol à côté de sa propriétaire. „C'est très généreux de votre part, mais j'en ai déjà un semblable." La demoiselle était sans voix, et ses deux gardes du corps ne savaient pas comment agir. Evita ne se soucia pas des regards malveillants et fit signe à la serveuse de s'approcher. „Un cocktail de crevettes et une coupe de champagne, s'il vous plaît – et qu'est-ce que tu prends, Gina?

Pendant le repas, ils parlaient du bon vieux temps et s'amusaient délicieusement. Quand la chronique érotique arriva au mariage d'Evita avec Fred, l'expression d'Evita devint lugubre. „Je ne sais pas comment j'ai pu penser à l'épouser."

Gina aurait aimé dire franchement ce qu'elle en pensait, mais à son étonnement, Evita arriva à la bonne conclusion elle-même: „C'est probablement son joli héritage qui m'a donné cette idée stupide." Après une longue pause, elle ajouta: „Et maintenant, tout cet adorable argent a disparu. C'est aussi la raison pour laquelle je voulais te voir."

„Tu n'es pas au bon endroit. Mes jours de gloire en tant que mannequin sont terminés. Dans notre secteur d'activité, on est déjà vieux à trente et un ans et je peux être heureuse si je suis encore engagée, même si ce n'est que pour montrer des cardigans pour dames plus âgées. Je gagne juste assez pour vivre décemment. Toutefois, je ne crois pas que Fred ait mis tout son argent dans son entreprise."

„Une belle somme quand même, et je pense que le reste sera perdu si sa start-up fait faillite. Il y aura des factures impayées, des indemnités de licenciement, tout ce que tu veux. Connaissant Fred, il paiera pour tout. La situation doit être catastrophique. Il m'a même demandé de réduire un peu mes dépenses. J'ai refusé et il a immédiatement fait annuler ma carte de crédit. Peux-tu t'imaginer la gêne que cela représente pour moi? En tant que bonne cliente, je peux acheter à crédit dans beaucoup d'endroits, mais cela ruine mon plaisir."

Gina se demandait où Evita voulait en venir. Probablement cherchait-elle une ruse pour tirer le plus d'argent possible d'un divorce. Une possibilité était que le mari soit coupable d'adultère. Aujourd'hui, un tel écart n'était plus déterminant lors d'un jugement de divorce, mais, curieusement, son amie avait une préférence pour les romans à l'ancienne. Gina essaya d'écourter la discussion: „Tu veux divorcer et tu veux que je couche avec Fred et que j'en fasse tout un plat?"

„Je suis heureuse que toi aussi penses que ce serait une bonne solution." Evita n'avait pas détecté l'ironie de la question de Gina. „Je suis sûre que ce serait facile pour toi. Il n'y a plus rien entre Fred et moi, et si tu lui souriais, il n'hésiterait pas une seconde à se mettre au lit avec toi. À la limite, tu pourrais prétendre avoir couché avec lui, sans que cela soit vrai, mais comme je te connais, tu ne ferais jamais une fausse déclaration.“

Gina était reconnaissante à son amie pour ce compliment. Une fausse déclaration était vraiment impossible, ne serait-ce que parce qu'elle n'aurait pas été fausse. Evita n'avait pas besoin de le savoir.

La femme qui descendit du tramway à l'arrêt du Schiffbau était grande et un peu trop maigre. Ses cheveux mi-longs, frangés, brun rouille, étaient striés de fines mèches grises. Elle portait une large veste de laine beige et un jean noir moulant, qui s'accrochait à ses fines jambes. De loin, elle ressemblait à une lycéenne anorexique, mais elle avait plus de trente ans. Céline Durand marchait sous la Hardbrücke vers un labyrinthe de vieilles maisons et de hangars situé près de la ligne ferroviaire. Le laboratoire de la 'KOKI' où elle travaillait se trouvait dans un vieux bâtiment en briques de deux étages. De l'extérieur, il semblait miteux, mais il avait été récemment rénové à l'intérieur, et disposait désormais de chauffage et ventilation modernes, d'un système d'alarme sophistiqué et d'un contrôle d'accès électronique.

Céline s'apprêtait à poser son index sur le pavé tactile pour déverrouiller la porte lorsque celle-ci fut ouverte de l'intérieur. C'était son collègue Otto qui la saisit par le bras. „Viens avec moi, j'ai quelque chose à te montrer." Il la tira vers l'animalerie qui, par égard pour l'allergie du patron, se trouvait sur le côté du bâtiment faisant face au talus de la voie ferrée et était accessible par une entrée séparée.

Le collègue était excité. Céline sentit sa main trembler, et son chignon, normalement méticuleusement ficelé, s'était effiloché en une ridicule queue de cheval. Au vu de ces signes alarmants et du fait qu'Otto la conduisait à l'enclos des animaux, elle craignait que quelque chose n'aille pas avec les souris. „Chien ou chat?", demanda-t-elle inquiète.

Otto mit un peu de temps pour comprendre ce qu'elle voulait dire, puis il riait: „Non, ni chien ni chat n'a pénétré dans l'animalerie, mais des souris sont nés que je veux te montrer. Mon expérience a fonctionné!"

Ils avaient atteint leur but. Otto s'arrêta devant une rangée de cages et montra du doigt les bébés souris encore peu poilus qui rampaient dans la sciure. „Il y a des animaux gris parmi eux!"

C'était pourtant remarquable. Céline savait qu'Otto essayait depuis des mois de modifier la protéine de transport afin qu'elle fonctionne également chez la souris, et donc probablement aussi chez l'homme. Il avait passé des mois à essayer de trouver des ligands qui seraient reconnus par des récepteurs à la surface des ovocytes de souris. Le problème était qu'aucune protéine n'était connue chez les mammifères qui était transportée sélectivement dans les ovocytes en croissance. Par conséquent, aucun ligand qui aurait servi de médiateur pour l'attachement à ces cellules n'avait pu en être déduit. Comme alternative, Otto avait injecté d'innombrables peptides synthétiques marqués avec des substances fluorescentes dans le sang des femelles de souris. Malheureusement, aucun de ces marqueurs n'avait migré dans les ovocytes.

Au vu de cet échec, il avait essayé d'introduire les gènes par le biais du follicule qui entourait l'ovule et qui était relié à celui-ci par de petits canaux. Il s'attendait à ce que l'ADN introduit dans les cellules du follicule puisse ensuite entrer dans l'ovule par ce cheminement. Il avait ignoré l'objection de Céline et Fred que seules les petites molécules telles que les ions et des substances nutritives pouvaient passer à travers ces jonctions étroites, mais certainement pas la protéine navette avec l'ADN attaché.

Si le résultat qu'Otto prétendait avoir obtenu était vraiment correct, cela aurait signifié une percée importante pour leurs recherches, mais Céline en doutait sérieusement. En conséquence, elle examinait de manière critique les plus de cinquante petites souris nées de dix femelles, amena chaque animal près de ses yeux et l'analysa attentivement. Elle savait exactement ce qu'elle cherchait, car elle avait aidé son collègue, un peu ignare dans les aspects génétiques, à concevoir le dispositif expérimental.

Pour éteindre un gène particulier, on insérait généralement une construction génique, composée de deux longues sections du gène ciblé séparés par un marqueur intercalé, qui produisait une protéine fluorescente. L'insertion d'un segment d'ADN étranger inactivait le gène ciblé et la technique était donc appelée „knock-out." En utilisant une procédure similaire, le „knock-in", un segment normal du gène était inséré à la place d'une région défectueuse.

L'échange entre les brins d'ADN du gène à corriger et l'ADN à insérer était facilité par l'ajout d'un ciseau à gènes, CRISPR-Cas9[3], isolé des bactéries. Selon sa séquence, l'ARN de CRISPR s'attachait à un site spécifique dans le gène ciblé et la protéine Cas9 coupait l'ADN cible, favorisant la recombinaison génétique[4]. Récemment, leur groupe avait trouvé un moyen d'amarrer non seulement l'ADN donneur qu'ils voulaient insérer, mais

---

[3] III Ciseau à gènes
[4] IV Recombinaison génétique

aussi le ciseau génique à la protéine de transport. Un segment de la navette correspondait à la streptavidine, une protéine bactérienne liant la biotine. Or, la biotine pouvait être facilement incorporée dans les extrémités des molécules d'ADN et d'ARN. Ils avaient légèrement allongé l'ARN de CRISPR lors de la synthèse et incorporé un nucléotide biotinylé dans le bout allongé, librement accessible. Les ciseaux à gènes ainsi modifiés étaient liés par la navette et transportés dans l'ovocyte.

Cette nouvelle méthode avait été utilisée par Otto dans son expérience. La mutation qu'il voulait corriger s'appelait Pax6^{AEY11}. Le gène Pax6 normal joue un rôle dans le développement des yeux, mais aussi d'autres organes. Les animaux portant une copie de la mutation Pax6^{AEY11} défectueuse et une copie Pax6 normale survivaient, mais ne développaient que de petits yeux. Si le gène était défectueux sur les deux chromosomes, les fœtus mouraient avant la naissance. Dans le dispositif expérimental utilisé par Otto, les parents étaient porteurs de deux gènes létaux-récessifs, Pax6^{AEY11} sur l'un des deux chromosomes 4 parentaux, et Agouti^{yellow} sur l'autre. La fourrure des souris portant un allèle Agouti^y était jaune. Les animaux avec deux copies d'Agouti^y mourraient en tant que fœtus.

Céline connaissait ce croisement[5] à cœur et savait à quelle descendance il fallait s'y attendre. Les parents étaient jaunes avec de petits yeux et ne pouvaient produire qu'une progéniture qui leur ressemblait. Si le remplacement du gène Pax6^{AEY11} défectueux dans la lignée

---

[5] V Sauvetage d'une mutation létale

germinale de la femelle par un allèle Pax6 normal réussissait, des souris jaunes aux grands yeux et des animaux gris aux petits yeux pouvaient naître.

La fourrure des souris âgés de quelques jours seulement était encore clairsemée, mais la coloration jaune et noire était nettement discernable. Pendant son inspection, Céline prenait tout son temps à vérifier les yeux et Otto devint impatient et tambourina avec ses doigts sur la table. „J'ai dû attendre assez longtemps pour pouvoir distinguer la couleur des poils. Maintenant, j'aimerais enfin recevoir un compliment."

„Désolé, je viens de perdre ma voix. Je n'ai jamais cru que le transport à travers les cellules folliculaires fonctionnerait. Félicitations!" Céline essaya de ne pas laisser transparaître les doutes qu'elle avait. Quelque chose n'allait pas, mais elle devait vérifier la situation soigneusement avant d'avancer ses objections. Elle jouait donc le jeu: „Quand allons-nous porter un toast à ton succès?"

„J'aimerais t'offrir un verre au bar de la 'Prime Tower' – tout de suite."

„Pas question! Si tu as sauvé notre boîte de la ruine, c'est à moi de t'inviter", protesta Céline. En traversant la rue, elle demanda: „As-tu informé Fred? Il est en train de parler aux investisseurs et un atout dans sa manche pourrait l'aider."

„Je lui ai envoyé un e-mail. Il est ravi, mais veut voir les résultats avant de les divulguer. Fred sera de retour après-demain et je vous présenterai mon travail. Le soir, il nous invite à un dîner chic – c'est aussi le jour de la Saint-Nicolas." Céline espérait vivement que les

vérifications qu'elle voulait entreprendre ne leur gâche-
raient pas la fête.

Les cinq personnes réunies dans la salle de réunion correspondaient à l'ensemble du personnel de la 'KOKI' Outre Otto Egli, qui devait présenter ses résultats, étaient également présents Fred Sutter, le chef, Céline Durand et Yuri Bobrow, un biologiste moléculaire fraîchement diplômé de Moscou, qui était employé comme technicien et éleveur d'animaux en raison des finances serrées. Pour célébrer cette journée, Sutter avait également invité la secrétaire, Elsa Widmer, à la réunion afin qu'elle puisse, pour une fois, participer à un événement gratifiant. Les affaires financières et administratives dont elle s'occupait n'avaient pas été trop réjouissantes ces derniers temps.

Pour commencer, Otto résuma brièvement le mode d'action de la protéine de transport. Ce n'était en fait pas nécessaire, car à part Mme Widmer, les personnes présentes étaient bien informées, et la secrétaire ne sembla pas écouter de toute façon. Puis Otto parcourut les longues et infructueuses expériences sur les peptides synthétiques, dont l'échec était également suffisamment connu de tous.

„Face à ce fiasco, j'ai suivi un cours que vous pensiez impraticable." Avec cette remarque quelque peu arrogante, Otto passa finalement aux nouveaux résultats. Il expliqua le rôle des cellules folliculaires qui, par de petits canaux, fournissaient les substances nutritives aux ovocytes et transmettaient les signaux hormonaux conduisant à leur maturation. Comme aucune protéine n'était connue s'arrimant exclusivement aux cellules folliculaires, Otto avait donc incorporé dans la navette le ligand de l'hormone folliculo-stimulante, FSH, qui était absorbée par les cellules folliculaires.

Avec une expression triomphante, Otto arriva au point crucial en annonçant: „L'expérience a marché! Grâce au signal FSH, la navette n'est pas seulement entrée dans les cellules folliculaires, mais de là, elle a migré par les canaux de connexion dans l'ovocyte, y amenant l'ADN attaché! Vos prévisions pessimistes selon lesquelles ces jonctions ne permettraient pas le transport de molécules grosses étaient injustifiées. En tout cas, c'est ainsi que j'ai pu réparer un gène défectueux dans des ovocytes situés dans l'ovaire de la mère!"

Il projeta fièrement un schéma de son expérience[5] pour sauver un gène $Pax6^{AEI11}$ défectueux et présenta ensuite des images des bébés souris nés de ce croisement. En raison de l'allergie du chef, il ne pouvait pas amener les animaux vivants. Au début, il montra quelques souris jaunes avec de petits yeux, qui seraient nées même sans manipulation génétique. Puis il présenta fièrement la progéniture, qui ne pouvait naître que grâce à une correction génétique réussie, à savoir des souris jaunes aux grands yeux et des souris grises aux petits yeux.

Au troisième exemple d'un petit animal gris, Céline se leva. „Arrête! Retiens la photo, s'il te plaît!" Elle alla à l'écran et pointa son doigt vers l'œil de l'animal comme si elle voulait le crever. „C'est un œil normal! J'admets que la taille des yeux est difficile à discerner à cet âge, mais les yeux $Pax6^{AEY11}$ sont non seulement légèrement plus petits, mais ils ne sont pas exactement ronds et

---

[5] V Sauvetage d'une mutation létale

présentent souvent une tache grise au milieu de la cornée, semblable à une cataracte. Ceci est un grand œil, clair, tout à fait normal. Les souris grises aux grands yeux ne peuvent pas sortir de ton croisement. Comment tu expliques cela?"

Un murmure traversa la pièce et même Mme Widmer s'était réveillée. Otto ne savait pas quoi dire et fixait silencieusement l'œil révélateur sur l'écran. Puis il s'empoigna et répondit d'en haut: „Peut-être te souviens-tu du fait que j'ai introduit un gène Pax6 intact.“

„Je me souviens que tu as au moins essayé“, remarqua Céline de manière sarcastique. Elle retourna à son siège et brancha son ordinateur au projecteur. Sur le dispositif expérimental d'Otto, elle expliqua en tout détail pourquoi les descendants gris de ces parents ne pouvaient avoir que de petits yeux, même si le gène Pax6 maternel défectueux avait été corrigé. Après une pause significative, elle ajouta: „Désolé de gâcher la fête, mais ce brillant résultat est un faux maladroit.“

Fred et Yuri étaient trop étourdis pour poser des questions et Céline poursuivit: „A la limite, une souris ayant l'apparence espérée pourrait également être produite par recombinaison homologue spontanée chez l'un des parents, mais pas dans les nombres qui apparaissent dans la progéniture de cette expérience. Ceci m'a rendu méfiante dès qu'Otto m'a présenté ses prodiges lundi. C'est pourquoi j'ai demandé à Juri si Otto avait peut-être utilisé d'autres animaux. En fait, le jour même où le croisement expérimental a été fait, Otto a également mis ensemble une femelle jaune aux yeux normaux avec un mâle gris aux petits yeux.“

„Cet accouplement est détaillé dans la prochaine dia-positive[6]", poursuivit Céline. „Ces parents produisent des souris jaunes avec de grands yeux et des animaux gris avec de petits yeux, qu'Otto espérait trouver dans son expérience. Fatalement, il y a aussi des souris grises aux grands yeux parmi cette progéniture, et Otto n'a pas regardé assez profondément dans les yeux des bébés-souris qu'il a introduites dans la progéniture de son ex-périence clandestinement." Un peu malicieusement, elle ajouta: „Il serait parfois utile que les biologistes moéculaires aient ne serait-ce qu'une vague idée de la génétique et de la morphologie."

„C'est une imputation perfide, espèce d'oie jalouse", s'exclama Otto. „Tu m'as planté ce cadeau empoisonné avec les grands yeux!"

„Je ne suis même pas venue au laboratoire les jours où tu as mis en place les croisements. J'ai essayé le mi-cro-scanner Viva CT à l'école polytechnique, avec lequel je vais suivre le développement de mes tumeurs de sou-ris. Tu peux vérifier sur le contrôle d'accès si j'étais dans l'animalerie pendant la période critique."

„Alors c'était Yuri à me mettre ce maudit œuf de cou-cou dans mon nid. Il m'a envié pour ma position pendant des années et t'a certainement volontiers donné un coup de main dans cette intrigue."

Sutter aurait préféré que l'expérience d'Otto fonc-tionne, mais il était suffisamment scientifique pour af-fronter les faits — s'ils étaient vraiment des faits. „Je suppose que tu ne t'aventurerais pas si loin, Céline, si tu

---

[6] VI œuf de coucou

ne pouvais pas fournir de preuves définitives de ton accusation.“

Elle hocha de la tête: „Otto a prélevé les bébés souris nécessaires de la cage lorsque Yuri était absent. Ensuite, il a euthanasié les bébés restants et leurs parents. Yuri trouvait étrange que les animaux étaient éliminés si soudainement. Il a repêché les carcasses et les a congelées. J'ai pris des échantillons de sang et analysé les gènes Pax6.“ Céline leva le doigt pour demander de l'attention et poursuivit: „Dans son exposé, Otto a omis de mentionner un aspect important: Pour faciliter le remplacement du gène défectueux, il l'a coupé le gène cible. Mais les ciseaux détruiraient aussi le donneur Pax6 fonctionnel si on ne changeait pas sa séquence de nucléotides. Pour cette raison, nous avions changé la région correspondante du gène donneur en remplaçant certains codons par des codons équivalents afin qu'elle ne soit plus reconnue par CRISPR-Cas9[7]. Grâce à la dégénérescence du code génétique, la protéine produite reste inchangée[8].“

Céline laissait un peu de temps à ses collègues pour prendre du souffle avant de venir à la preuve finale de son plaidoyer: „Malheureusement, Otto n'a pas pensé à cette modification faite il y a deux ans. J'ai maintenant amplifié la région critique du gène Pax6 des bébés souris gris par PCR et j'ai fait séquencer les produits. Le résultat est arrivé ce matin. La séquence correspond à un gène Pax6 normal et non au donneur modifié qu'Otto prétend avoir introduit.“

---

[7] VII Donneur Pax6 modifié
[8] VIII Dégénérescence du code génétique

Personne ne savait quoi dire. Otto la regardait avec incrédulité. Finalement, il leva la tête et gémit: „Ce n'est pas possible. L'expérience a fonctionné. Je ne suis quand même pas un imposteur!"

Céline se sentait soudain désolée pour son collègue. Il n'avait apparemment pas conscience d'avoir falsifié ses résultats et les considérait comme réels, comme un enfant qui croit à ses mensonges.

Pour Sutter, il y avait d'autres aspects à prendre en compte. „Heureusement, je n'ai raconté cette percée imaginaire à personne. Je voulais d'abord voir les résultats. Tu t'imagines, Otto, ce qui se serait passé si j'avais divulgué tes résultats falsifiés?" Sutter attendit en vain une réponse et remarqua: „Malheureusement, la fraude est un problème récurrent, que ce soit pour obtenir des bourses de recherche ou pour accélérer sa propre carrière. Maintenant qu'il y a beaucoup d'argent à tirer de la recherche, les faux deviennent encore plus séduisants pour certains irresponsables. Dans mon entreprise, je n'accepte pas cela. Je veux faire de la recherche propre et je ne laisserai pas un idiot ruiner ma profession."

Fred était maintenant visiblement en colère, respirait profondément et arriva à l'inévitable conclusion: „Tu n'es pas à ta place ici, Otto. Tu feras mieux de partir immédiatement et de faire profil bas." Il tapa sur sa tablette pendant un moment. „Tu peux emporter tes affaires personnelles et l'ordinateur. Les données qui s'y trouvent sont stockées sur notre réseau interne. Je viens de bloquer ton accès. J'ai également effacé tes empreintes digitales pour l'accès au laboratoire et à l'animalerie. Mme Widmer transférera trois mois de salaire et te retirera de la liste de paie. Adieu!"

„Tu ne peux pas me faire ça, Fred. Je ne peux pas trouver un autre emploi aussi rapidement.“

„Nous ne sommes pas dans une université ici, ni dans une grande entreprise où de tels incidents sont couverts le plus longtemps possible. Peut-être trouveras-tu un emploi dans un service capable de rien. Il y en a beaucoup. Un insignifiant institut de recherche a récemment donné asile à un soi-disant grand nom américain qui avait publié des résultats falsifiés, et c'était déjà connu au moment de son engagement. Les directeurs de l'institut espéraient probablement utiliser ce célèbre nouveau venu pour peaufiner leur manque de réputation. Malheureusement, tu n'es pas assez célèbre pour de telles farces.

Otto se leva et se faufila hors de la pièce. Sutter fit signe à Yuri de l'accompagner pour l'empêcher d'emporter des plasmides ou d'autres matériaux importants. Puis, il congédia la secrétaire avec une tâche ingrate: „Mme Widmer, vous aurez beaucoup à faire pour réunir trois mois de salaire pour Otto, mais je suis sûr que vous y arriverez. Sinon, vous devrez demander à M. Draghi de vous donner un paquet des billets qu'il imprime en grande quantité. Personne ne le remarquerait. Pour compenser vos efforts, je vous invite à dîner ce soir à l'hôtel Dolder. Je viendrai vous chercher chez vous vers 19 heures.

„Tu ne vas pas annuler le dîner?“ demanda Céline, surprise, après le départ des autres.

„Il n'y a pas mieux pour laver les déceptions qu'un bon verre de vin“, dit Sutter, en ajoutant: „J'avais réservé une table pour nous par téléphone depuis Bâle, et l'hôtel Dolder est en vogue actuellement. Aujourd'hui, c'est la Saint-Nicolas et beaucoup de gens sortent pour dîner. Si je laisse notre table vide, ils me mettront sur la liste noire et, en tant qu'ancienne star de la jeunesse dorée de Zurich, je ne peux pas me le permettre. Néanmoins, nous avons une raison de fêter: 'Raremed' a acquis le droit d'utiliser notre navette pour produire des protéines dans des œufs de caille. Ça nous donnera de l'air pendant quelques mois.“

Après courte réfection, il saisit Céline par le bras. „Merci pour ton intervention musclée. Tu nous as sauvés de l'abîme. Peut-être tu aurais pu me donner un petit avertissement.“ Il faisait un geste apaisant. „Non, il était plus sage de lancer cette attaque surprise. Otto aurait peut-être eu vent que quelque chose se préparait contre lui et aurait pu dissimuler les faits. De plus, ton plaidoyer n'aurait pas été aussi époustouflant.“

Yuri retourna de sa mission de surveillance. „Otto est parti. Maintenant, j'ai besoin d'un café. En prendrez-vous aussi un?“

Après avoir avalé l'expresso, Sutter vint au fait: „Nous avons des choses à discuter. Après cette faillite, nous devons réorienter notre recherche. Yuri, tu remplaces Otto, et j'engagerai un animalier pour que tu puisses te consacrer à plein temps à un sujet scientifique indépendant.“

Sutter n'avait pas été convaincu que l'expérience d'Otto ait fonctionné, et avait déjà planifié comment les recherches devaient se poursuivre, au cas où cette percée ne se confirmerait pas. Au vu de la situation actuelle, ils devaient suspendre le sujet du transport de gènes aux mammifères jusqu'à ce qu'une protéine soit décrite qui migre dans les ovocytes. Au lieu, ils allaient concentrer leurs efforts sur le ciblage de cellules somatiques, notamment sur le projet déjà lancé par Céline pour transporter des gènes de manière ciblée dans des cellules tumorales. L'objectif était d'éliminer les cellules malades en introduisant un gène déclenchant la mort cellulaire programmée, ou de temporiser leur croissance par un gène contrôlant le cycle cellulaire.

Sutter proposa maintenant que Yuri devrait essayer de guérir le cancer du sein utilisant la même approche. Des modèles de souris pour cette maladie étaient disponibles et des animaux pouvaient être commandés. „Les techniques sont similaires. Vous pouvez donc travailler en étroite collaboration et utiliser presque le même matériel, ce qui nous permet de faire des économies. Chacun est responsable de son propre projet.“

Il n'était pas nécessaire de demander l'accord de Yuri, qui rayonnait de bonheur. La planification des détails techniques prit tout l'après-midi jusqu'à ce qu'il soit temps de se préparer pour le dîner de la Saint-Nicolas, évènement assez prétentieux donné les circonstances.

Pour célébrer le quatre-vingt-dixième anniversaire de la grand-mère, la famille Durand s'était réunie pour un banquet au 'Domaine de Châteauvieux' à Satigny. Habituellement, de telles occasions étaient organisées dans un cadre plus modeste, mais le nouvel ami d'Éliane, cousine de Céline, voulait faire sa première apparition dans la famille Durand de manière digne et avait organisé la fête à son goût – et à ses frais.

À table, Céline jeta un regard curieux sur ce gars plutôt costaud, et sa mère lui chuchota qu'il était investisseur et qu'il avait gagné une somme d'argent incroyable dans des transactions immobilières dans l'arc lémanique. La rumeur voulait qu'il ait un jour acheté une propriété au bord du lac pour quarante millions, puis l'ait revendue deux mois plus tard pour trois fois ce montant – et ce n'était pas le seul coup de ce genre.

La nourriture était excellente. Céline, qui se contentait souvent de sandwiches en laboratoire, n'avait pas l'habitude de manger des menus riches et ressentit le besoin de fumer une cigarette avant le dessert. En sortant, elle prit son briquet et ses cigarettes de son sac à main. Le nouvel ami d'Éliane le vit et la suivit.

Dans le fumoir, il demanda au serveur d'apporter deux armagnacs, et quand Céline hésita, il insista: „C'est bon pour la digestion, et si tu n'aimes pas, je vais le boire.“ Il coupa habilement un cigare et l'alluma avec soin. Après les premières bouffées, il se présenta: „Nous n'avons pas encore fait connaissance. Je m'appelle Pierre. Éliane m'a dit que tu es Céline et que tu travailles comme biologiste à Zurich, mais elle n'a pas pu me dire dans quel domaine. Comme la plupart d'étrangers elle pense certainement que tu observes des oiseaux ou comptes des fourmis.“

„Pas tout à fait! Je suis une biologiste moléculaire qui s'essaie à la recherche biomédicale.“

„Cela semble intéressant. Dis-moi de quoi il s'agit.“

„Je travaille dans une start-up… „ Céline hésita en réfléchissant à la façon dont elle devrait expliquer son travail à un profane. La difficulté n'était pas de transmettre la question et la logique, mais les nombreux termes techniques qui étaient incompréhensibles et déroutants. „Mon patron a déposé une demande de brevet pour une protéine qui transporte des gènes dans certains types de cellules“, avança-t-elle doucement.

Elle voulait ajouter une explication plus longue, mais Pierre l'interrompit: „Alors ton patron s'appelle Fred Sutter, et il s'agit de la protéine qui lie l'ADN et le transporte dans le noyau des ovocytes dans les ovaires de femelles vivantes. J'ai récemment étudié la demande de brevet de Sutter. C'est très intéressant. Avez-vous entretemps trouvé une méthode pour diriger la navette dans des œufs de mammifères?“

Céline mit un certain temps à se remettre de sa surprise. „Non, nous avons essayé pendant longtemps, mais nous n'avons pas réussi.“ Elle prit soin à ne pas mentionner la tromperie d'Otto, et se limita à dire: „Malheureusement, on ne connaît pas encore de ligands s'arrimant sélectivement aux ovocytes des mammifères et tous nos efforts alternatifs sont restés vains.“

„Dommage, ce serait commercialement important. Les quelques francs que Sutter a reçus de la 'Raremed' pour l'utilisation du brevet ne sont qu'une goutte d'eau dans l'océan.

„Tu en sais plus que moi, au moins financièrement. Pourquoi es-tu si bien informé, Pierre?"

„Je finance pas mal de start-ups biomédicales, et la 'Raremed' est l'une d'entre elles."

„Je t'invite cordialement à nous rendre visite à la 'KOKI'. Nous cherchons désespérément un nouvel investisseur."

„Pas de précipitation! Tout d'abord, je veux savoir plus précisément comment vos projets avancent. Les papiers que Sutter m'a envoyés datent déjà de quelques mois."

Maintenant, Céline n'avait plus besoin d'être aussi prudente et expliqua que la navette leur permettait non seulement d'insérer des gènes, mais qu'ils avaient réussi entretemps à y attacher aussi des ciseaux à gènes CRISPR-Cas9. En outre, ils avaient développé des navettes migrant de manière ciblée dans certaines cellules d'animaux adultes. Elle ne voulait pas divulguer les détails de ses tentatives d'utiliser cette méthode pour tuer les cellules cancéreuses ou inhiber leur croissance et traita le sujet de manière succincte.

Jaccard ne pouvait pas insister davantage, car sa copine Éliane apparut sous la porte du fumoir et gronda: „Bien sûr, alcool, cigare, et ma petite cousine! Vous êtes partis depuis une demi-heure, avez manqué le discours et la présentation de photos en l'honneur de Mémé et si vous ne revenez pas bientôt, vous n'aurez pas de dessert."

En se levant, Pierre attrapa le bras de Céline. „Encore une question, as-tu l'intention de rester dans la recherche?"

„Je ne peux rien imaginer d'autre, du moins tant que la 'KOKI' survit.“

„Eh bien, tu peux dire à Sutter de m'appeler. Il lui glissa sa carte de visite. Elle y jeta un coup d'œil et eut l'impression d'avoir déjà entendu le nom de Pierre Jaccard. Elle ne pouvait pas réfléchir longtemps, car Pierre ajouta: „Je me réunirais avec Sutter, mais tu dois être présente aussi. Apportez les documents nécessaires et une description de vos recherches mise à jour. Je dois examiner la situation de près avant d'y aller. Si tout va bien, je vous financerai à long terme – à condition que tu deviennes une partenaire égale de la start-up.“

Céline donna Pierre un baiser sur la joue et comme ils venaient d'arriver sous la porte de la salle à manger, ce geste fut joyeusement applaudi par l'assemblée.

~

Vous connaissez mes problèmes, et maintenant deux nouveaux ont surgi“, entama Sutter la conversation avec l'avocat, qui s'occupait non seulement des aspects juri-diques de la 'KOKI', mais aussi de ses affaires privées.

„Comme si vous n'en aviez pas déjà assez“, grom-mela Bernauer: „De quoi s'agit-il?“

„J'ai récemment licencié un employé sans préavis, avec trois mois de salaire, et maintenant il exige une compensation. Je ne pense pas qu'il ait la moindre chance de s'en tirer au tribunal, mais je veux votre avis.“ Sutter remit à l'avocat la lettre recommandée qu'Otto Egli lui avait envoyée.

Bernauer mit ses lunettes et étudia le document. Son visage décharné ne montrait pas ce qu'il ressentait. Ce n'est qu'après avoir fini de lire qu'il se mit à sniffer avec mépris. „Une grosse somme d'argent: un demi-million en compensation pour la propriété intellectuelle volée et une part de dix pour cent de tous les bénéfices que la société pourrait réaliser." Bernauer leva les sourcils. „Il est vraiment optimiste à ce sujet."

Sutter préféra interpréter la dernière remarque de Bernauer dans le sens que la demande d'Otto était trop optimiste, et non la possibilité que la société puisse un jour faire du profit, mais il n'en était pas sûr. „Comment dois-je réagir?"

„Cela dépend de la raison pour laquelle vous l'avez renvoyé."

Sutter expliqua qu'Egli avait travaillé avec diligence, mais sans succès sous sa direction pendant plus de deux ans, mais qu'il n'avait apporté aucune idée de son cru à l'exception de sa dernière expérience dont il avait falsifié les résultats.

„Ça sonne très bien", constata l'avocat. Cette fois, il laissa aucun doute sur ce qu'il voulait dire par là: „Ce type aura de la chance si vous ne le poursuivez pas en dommages et intérêts. Il est exclu qu'il gagne un procès. Déjà le juge de paix le convaincra d'y renoncer. Ne lui répondez même pas." Pour Bernauer la question était classée. „Voulez-vous du café?" Il décrocha le téléphone pour passer la commande. Pendant qu'ils attendaient, l'avocat demanda: „Quel est l'autre nouveau problème?

„Il y a une autre tentative de chantage, mais je ne la prends pas très au sérieux." Sutter raconta à l'avocat sa conversation désagréable avec le Dr Ward à Bâle.

„C'est bien plus dangereux que les demandes ridicules de votre employé licencié. Ce Ward semble être un maître chanteur professionnel. Apparemment il a de l'argent et n'hésitera probablement pas à aller au tribunal. Même si ses chances de gagner sont minces, vous perdez beaucoup de temps – et les ambiguïtés font fuir les investisseurs."

„Faut-il leur mettre le nez dedans?"

„Je vous conseille de jouer franc-jeu. S'ils découvrent par la suite que vous auriez caché des difficultés, ils pourraient annuler le contrat." Bernauer fronça les sourcils. „Il serait probablement préférable que vous accusiez Ward d'extorsion. Vous n'avez aucune preuve de la conversation avec lui, mais cela pourrait le dissuader de son plan."

Il consulta sa montre. „Nous avons encore un aspect à discuter: Vous m'avez dit au téléphone que votre femme voulait probablement divorcer. Pour autant que je sache, il existe un divorce à l'amiable, un divorce au tribunal, mais pas un divorce probable – juridiquement parlant. Que voulez-vous dire par là?"

„Ma femme a menacé de divorcer si j'injecte encore de l'argent dans l'entreprise. Comme j'ai l'intention de le faire, elle a décidé d'agir. Je ne la retiens pas et j'aimerais en finir le plus vite possible. Pouvez-vous préciser à quel type de compensation elle a droit? J'ai fait mon héritage avant notre mariage. En raison de l'argent que j'ai investi dans l'entreprise pendant le mariage – provenant de ce patrimoine – Evita peut-elle réclamer une part des bénéfices après le divorce?"

„Je dois clarifier ce point. En parlant de profits futurs, avez-vous de bonnes nouvelles sur la situation financière?"

„La vente d'une licence d'utilisation de notre protéine de transport me donne une petite marge de manœuvre. Je vous ai même réglé votre compte, sinon je n'aurais pas osé venir vous voir. À long terme, il me faut plusieurs millions. Des années peuvent s'écouler entre les premières tentatives réussies et une éventuelle application médicale. Avez-vous déjà trouvé un nouvel investisseur?“

„Malheureusement, non. Pour ce faire, il est urgent d'actualiser le bilan financier, et vous devez actualiser les projets de recherche et les résultats obtenus.“

Sur le papier, la situation financière semblait encore plus précaire de ce que Sutter avait réalisé. Ils convinrent que Bernauer approcherait certains investisseurs avec les documents révisés. Après tout, la 'KOKI' avait de nouveaux fers au feu, ce qui était un facteur décisif pour les sponsors. Sutter recontacterait pour sa part les personnes auxquelles il avait déjà soumis une demande.

„Avons-nous discuté de tout?“ demanda Bernauer. „Mon prochain client devrait arriver bientôt.“

Dans la rue, Sutter alluma une cigarette. Avec son asthme, c'était idiot, mais dans des moments stressants comme ceux-ci, il avait besoin d'une distraction. Il monta dans sa voiture et se rendit au laboratoire.

~

„Connais-tu un certain Pierre Jaccard?“, demanda une Céline radieuse, dès que Sutter était entré au laboratoire.

„Jaccard est l'un des plus importants investisseurs de notre secteur. Je lui ai envoyé nos documents il y a quelque temps, mais malheureusement il n'a jamais répondu. Ce matin même, j'ai essayé de le contacter. Est-ce qu'il a rappelé et as-tu pu parler avec lui?“

„Je l'ai fait, mais pas au téléphone. Avec un Armagnac sur une table de club. Juste nous deux, en privé."

Sutter regarda Céline la bouche ouverte. „L'as-tu traqué et essayé à tirer de l'argent de sa poche?" La question sembla quelque peu accusatoire.

Céline était contrariée. „Mais bien sûr, j'ai la mauvaise habitude de draguer les gros messieurs et de leur voler leur portemonnaie."

„Je ne voulais pas dire ça, mais tu dois comprendre: Jaccard est presque mon dernier espoir pour remettre à flot notre navire, et je ne veux pas gâcher cela."

„Calme-toi! Pierre m'a approché de sa propre initiative lors d'une fête de famille et m'a posé des questions sur notre entreprise. Il nous a à l'œil depuis longtemps. Notre rencontre fortuite lors d'une réunion de famille a simplement ravivé son intérêt."

Céline rapporta à Sutter ce qu'elle avait dit à Jaccard sur l'état de la recherche et qu'il lui avait dit qu'il pourrait refinancer la 'KOKI' pour longtemps. „Il attend ton appel pour fixer un rendez-vous." Céline devint pâle et hésita à parler.

„Alors, quel est le piège?" Sutter avait remarqué l'embarras de Céline.

„Eh bien, il veut que la petite cousine de son amie devienne ta partenaire – la petite cousine étant moi. Je te jure que je n'ai pas organisé cela. C'était son idée."

Sutter ne semblait pas avoir de problème avec cette proposition. „Il n'est pas le seul homme à ne pas lésiner quand il s'agit de jeunes femmes. Je suis vraiment heureux que tu deviennes ma partenaire." Il se leva. „Viens, on va fêter ça avec un verre au Central bar.

Le 17 décembre Sutter et Céline devaient rencontrer Jaccard à Genève. Ils s'y rendirent en voiture parce qu'ils craignaient de se faire voler leurs ordinateurs avec tous les documents scientifiques et commerciaux dans le train. La réunion à l'hôtel Président Wilson démarra par un déjeuner un peu trop copieux. Ensuite, Jaccard suggéra de prendre le café dans la salle de réunion pour se mettre au travail sans tarder. La salle était trop spacieuse pour une réunion de seulement trois personnes. En tout cas, Sutter était content de ne pas avoir à payer le loyer.

„Alors mes chers, je connais le domaine dans lequel vous travaillez", ouvra Jaccard la discussion. „Si vos techniques fonctionnent, il y a de bonnes chances de gagner de l'argent dessus. En attendant, j'ai étudié attentivement les documents que vous avez envoyés il y a quelque temps. Entretemps, Céline m'a relaté oralement comment les projets avancent. Cependant, elle était à juste titre un peu réservée. J'aimerais en savoir plus et j'ai apporté un accord de confidentialité. Il posa le papier sur la table. „Ainsi, vous pouvez parler ouvertement des résultats obtenus et des nouveaux projets. J'ai besoin de les connaître en détail avant de m'engager. Après cela, je n'interviendrai plus dans vos recherches."

Sutter laissa à Céline le soin d'expliquer les aspects scientifiques, ce qu'elle faisait brillamment, bien qu'elle n'ait plus l'habitude de donner une conférence en français et aurait préféré parler anglais.

Jaccard ne posa que quelques questions et proposa ensuite comment il procéderait sur le plan tactique: „Le transport de gènes dans les ovocytes des espèces riches en vitellus semble fonctionner. Tant qu'il ne peut pas être utilisé sur des mammifères, il n'est toutefois pas intéressant sur le plan commercial, sauf pour des tests comme ceux effectués par la 'Raremed'. Néanmoins, nous devons immédiatement demander un brevet définitif, sinon n'importe qui peut utiliser la technique librement et vos nouveaux projets basés sur celle-ci pourraient difficilement être brevetables. Je le ferais immédiatement. Ensuite, il faudrait soumettre une application de brevet concernant l'utilisation de la navette pour transporter des gènes dans des organes du corps adulte. Dans cette demande on pourrait inclure la technique avec laquelle on peut introduire les ciseaux à gènes en même temps. Il est possible qu'une entreprise achète immédiatement l'ensemble du paquet. Cependant, je préférerais que vous poursuiviez les recherches jusqu'à ce que des résultats médicalement utilisables soient disponibles. Vous avez encore des projets prometteurs en cours, comme me l'a indiqué Céline. Nous n'avons pas encore parlé en détail."

„Pour cibler des cellules et des tissus spécifiques dans le corps adulte", intervint Céline, „on peut remplacer le ligand de la vitellogénine qui se lie aux ovocytes, par n'importe quel autre signal. Ainsi, nous avons intégré un ligand qui se fixe exclusivement à des récepteurs présents sur les cellules tumorales de la peau[9]. À titre de comparaison, nous avons utilisé le signal du facteur de croissance qui est reconnue aussi par les cellules épithéliales saines. Utilisant ces deux véhicules, nous avons

---

[9] Ciblage de cellules tumorales

introduit pour l'instant un gène marqueur qui produit une fluorescence verte. Cette diapositive montre les cellules de peau fluorescentes que nous avons ainsi obtenues."

Céline laissait l'information s'infiltrer, puis poursuivit: „Le transport de ciseaux génétiques fonctionne à merveille. Lors d'un essai préliminaire, nous avons utilisé cette méthode pour introduire CRISPR-Cas9 coupant dans un gène vital. Comme prévu, la plupart des cellules ciblées sont mortes."

„Comment voulez-vous procéder?" se renseigna Jaccard.

„Les cellules tumorales de la peau portent de nombreux récepteurs à leur surface, et certains de ces récepteurs ne sont présents que sur les cellules tumorales. Cette particularité a déjà été exploitée avec succès par différents groupes pour fixer des anticorps et des médicaments aux cellules cancéreuses afin d'inhiber leur croissance. Pour notre part, nous avons construit une navette qui s'arrime à ces récepteurs spécifiques. Comme attendu, elle ne pénètre que dans les cellules tumorales, comme j'ai pu le montrer en introduisant à nouveau un gène produisant de la fluorescence."

Après une pause significative, Céline présenta ses derniers résultats: „Pour tuer les cellules tumorales, j'ai essayé deux approches différentes. D'une part, j'ai introduit le gène Bcl2 qui induit une mort cellulaire programmée des cellules ciblées."

„Les cellules mortes, n'entraînent-elles pas des complications?", demanda Jaccard.

„Lors d'une mort cellulaire programmée, la membrane cellulaire reste intacte pendant longtemps. Il n'y a donc peu d'inflammation. Les quelques restes de la cellule sont éliminés par les globules blancs, les phagocytes et surtout les macrophages.“

Céline prit une gorgée d'eau et revint au sujet principal: „L'approche utilisant Bcl2 comporte le risque que le gène qui déclenche la mort cellulaire programmée pénètre également dans des cellules saines et les élimine. C'est pourquoi j'ai introduit, dans des expériences parallèles, le suppresseur de tumeur P53, qui empêche une croissance cellulaire incontrôlée. Le risque est moindre, si ce gène est transporté dans des cellules saines.“

Jaccard fit un hochement de tête enthousiaste et Céline ajouta: „Yuri Bobrow essaie d'inhiber le développement du cancer du sein en éliminant les cellules tumorales par une approche similaire. Il a juste commencé ce projet et nous pourrons peut-être en discuter plus tard.“

Jaccard appuya sur la sonnette pour appeler un serveur. „C'est trop beau pour boire de l'eau avec“, remarqua-t-il, et lorsque le serveur passa la tête par la porte, il commanda une bouteille de Sauvignon gris.

La discussion sur la situation financière se déroula plus facilement que prévu. Sutter était content d'avoir révisé le bilan avec son avocat, et expliqua en détail chaque poste. „Comme vous pouvez le constater, l'entreprise est en bonne santé pour le moment, mais malheureusement plus pour longtemps.

„Avez-vous compilé vos investissements personnels?“ demanda l'investisseur. Sutter lui donna une liste de son investissement initial d'un million et plusieurs augmentations ultérieures totalisant un demi-million.

Jaccard étudia la compilation et fit quelques commentaires. „La maison où se trouve le laboratoire appartient à vous, mais vous n'avez pas perçu de loyer. De plus, vous n'avez pas demandé de salaire!" Il apposa les corrections appropriées. „Vous avez signalé que vous seriez d'accord que Céline devienne partenaire à part entière dans l'entreprise. Je calcule le montant qu'elle doit verser pour acquérir cette participation. J'arrive à deux millions et demi de francs. C'est à peu près le montant que vous avez investi. Le brevet sur la navette et les éventuels gains qui en découlent vous appartiennent. Céline serait impliquée dans les brevets suivants." Il regarda Sutter d'un air interrogateur.

„Votre proposition est très équitable. Je suis heureux qu'une collaboration à long terme avec Céline soit maintenant assurée – même si la 'KOKI' ne pouvait plus payer son salaire."

Jaccard sourit. „Ce risque n'existe plus." Après une courte réflexion, il adressa un aspect important: „J'ai presque oublié de vous soumettre une autre solution: je vous rembourse le montant que vous avez investi. Ainsi, Céline n'aurait pas à acheter son entrée. Dans ce cas, j'augmenterai mon investissement en conséquence, ce qui affecterait naturellement les parts de bénéfices."

Sutter fut surpris par cette proposition. D'une part, les fonds propres injectés dans l'entreprise n'étaient pas l'investissement le plus sûr, d'autre part, il avait assez d'argent pour vivre décemment et obtiendrait désormais même un salaire – et même rétroactivement pour trois ans. De plus, une bonne partie de la fortune de son père était toujours disponible, même si Evita affirmait le contraire. La pensée de la compensation pour sa future ex-épouse fut le facteur décisif: „Tenons-nous-en à la première option avec Céline et moi comme propriétaires égaux avec investissement de 2,5 millions chacun.“

Le serveur apporta le vin au bon moment. Jaccard leva son verre: „Je m'engage de manière illimitée. À nos projets! Quand je pense que Roche a récemment investi 3,4 milliards pour acquérir Spark Therapeutics et son approche biotechnologique pour guérir l'hémophilie ... „

La salle à manger de l'hôtel Schweizerhof à Flims Waldhaus était occupée jusqu'à la dernière table, ce qui n'était pas surprenant pour un jour de Noël et par le temps brillant et les conditions d'enneigement excellentes de cet hiver. Sutter était arrivé la veille et avait déjà skié presque toutes les pistes de la 'Laax Arena' le premier jour de ses vacances. Il était fatigué et avait un énorme appétit. Il savoura la dernière bouchée de l'entrée originale, une pomme cuite à la vapeur avec du fromage de chèvre, saupoudrée de fines herbes et arrosée de jus de fruit de la passion. En attendant le consommé, il regarda autour de la pièce.

Il était le seul à manger seul. Toutes les autres tables étaient occupées par des couples, des familles ou des groupes d'amis. À la table d'à côté, se trouvait un homme ainé, accompagné d'une jeune beauté exotique. L'homme au visage déformé par la douleur devait avoir plus de soixante ans et était assis de travers sur sa chaise. Ses mains étaient pliées. Il souffrait probablement d'arthrite – Sutter ne s'y connaissait heureusement pas trop. Le M. devait être sacrément riche pour s'offrir une femme aussi jeune, ou alors elle était son infirmière. C'était probablement le cas, car elle lui fournissait un soin émouvant et coupait même la viande pour lui. Néanmoins, les deux discutaient de manière animée et elle semblait être très sûre d'elle. Sutter décida de garder un œil sur la jeune africaine. Qu'elle soit épouse ou infirmière, un petit changement serait probablement le bienvenu.

Il n'avait pas le droit de les fixer tout le temps et regardait ailleurs dans la salle. Quelques tables plus loin, deux jeunes gens étaient assis, qui n'avaient pas échangé un mot entre eux pendant tout le repas. Au lieu de cela, ils tapotaient continuellement sur leurs téléphones portables. Au moins, ils devaient se connaître, car soudain, le jeune homme se leva et se mit en pose pour un selfie derrière sa partenaire.

Sutter essaya de se distraire en regardant une affiche d'Henry de Toulouse Lautrec accrochée au mur du fond. Elle montrait une jeune femme assise sur les genoux d'un vieux gros monsieur et lui donnant un baiser sur le nez. L'inscription „Reine de Joie" annonçait un livre de Jozé. Il connaissait déjà cette lithographie de ses précédentes visites à l'hôtel, mais aujourd'hui elle l'occupa plus que d'habitude. La „Reine de Joie" lui rappelait la „Princesse d'une Nuit", comme on appelait parfois Evita en son absence. Il s'était senti flatté lorsque, après son retour d'Angleterre, la star de la vie nocturne zurichoise avait d'yeux que pour lui. Non, ce n'était pas tout à fait vrai. Après son retour, il fréquentait d'abord Gina, jusqu'à ce qu'il rencontre Svenja dans un bar et tombe profondément amoureux d'elle.

Pendant quelques semaines, Svenja et lui étaient un couple heureux. Puis son père tomba malade et il dût s'occuper de lui. Elle lui tenait souvent compagnie puis, un jour, elle restait à l'écart sans explication et ne donna plus signe de vie. Sutter ne pouvait plus l'atteindre, mais il espérait qu'elle assisterait au moins à l'enterrement de son père. À sa grande déception, ce n'était pas le cas. Seulement quand le cercueil fut mis dans la tombe, il la vit au loin dans l'ombre d'un arbre. Elle leva la main pour un salut hésitant, se retourna et disparut. Il ne put pas la suivre pendant que le pasteur étalait de la terre sur le cercueil de son père et disait une prière. Après, c'était trop tard. Svenja avait disparu et restait introuvable. Elle avait abandonné sa chambre d'étudiante et son téléphone était éteint. Il ne connaissait pas son adresse permanente, mais elle s'était souvent extasiée sur sa jeunesse en Suède. Il y avait donc appelé d'innombrables Nilssons et leur avait demandé si leur fille s'appelait Svenja, et n'avait retenu que quelques remarques moqueuses. Finalement, il se renseigna à l'institut pharmaceutique et après bien des hésitations, la secrétaire lui donna l'adresse du domicile de Svenja. Ses parents vivaient à Waldshut.

Lorsqu'il avait appelé Mme Nilsson, elle lui avait dit brusquement que sa fille s'était suicidée. Elle prétendait ne pas savoir pourquoi Svenja voulait mourir, mais il avait le désagréable sentiment qu'elle le soupçonnait d'en être responsable. Pour lui, un monde s'était effondré. Ils avaient déjà fait des projets pour leur avenir commun. Le suicide de sa bien-aimée sans un mot d'adieu lui était incompréhensible. Bien qu'elle ne se soit jamais plainte de problèmes de santé, il supposait qu'elle avait reçu un pronostic médical destructeur et qu'elle avait préféré mourir rapidement. C'était la seule façon pour lui d'accepter, ou au moins de comprendre sa disparition.

Ses pensées mélancoliques n'allaient pas à une veille de Noël. Il essaya de les oublier et regarda par la fenêtre. Parmi les arbres et les buissons enneigés, un énorme sapin de Noël brillait de centaines de lumières. Le Flimserstein et le Ringelspitz se détachaient comme des ombres grises devant le ciel étoilé. Il admirait la vue, mais soudain, il crût voir entre les buissons la silhouette mince de Svenja, la main levée en signe d'adieu. Cette vision de sa dernière salutation lui apparaissait encore et encore et il l'appela affectueusement son petit fantôme.

Il se détourna de la fenêtre et essaya de ne plus penser au passé – en vain. La perte de Svenja lui faisait encore mal, et pourtant, à peine cinq mois après sa disparition, il avait épousé Evita. Aujourd'hui, il comprenait à peine comment cela s'était passé, mais il était seul et malheureux à l'époque. Quand Evita l'approcha, il espérait oublier la perte de Svenja et pouvoir commencer une nouvelle vie. Pendant un certain temps, ils avaient aussi été heureux. Une belle playgirl et un playboy généreux qui s'aimaient bien et profitaient pleinement de la vie. Entre-temps, il avait dû réaliser qu'Evita ne l'avait approché qu'en raison de son héritage. Maintenant, ils allaient divorcer et il voulait lui céder le moins d'argent possible. Pour toute éventualité, il rédigerait un testament demain. Avec un sourire méprisant, il leva son verre à la „Reine de Joie", ce qui lui valut quelques regards étonnés des voisins.

Il fit enlever la soupe qu'il avait à peine touchée et prit une gorgée de vin. Il n'avait pas le droit de gâcher ses vacances avec sa couvaison. Enfin, il y avait suffisamment de raisons de se réjouir. L'avenir de la 'KOKI' était plus rose que jamais. La certification définitive du brevet sur la protéine navette avait été initié et des demandes de brevets pour le transport sélectif dans des cellules adultes, ainsi que pour le transport de CRISPR-Cas9, avaient été déposés. Les projets en cours dans le laboratoire étaient prometteurs. Il n'aurait pas pu souhaiter mieux, du moins sur le plan professionnel.

Jaccard semblait être convaincu du succès de leurs projets, et pourtant Sutter se demandait parfois pourquoi le financier s'était lancé dans le refinancement de la 'KOKI' avec tant d'enthousiasme. Croyait-il vraiment au succès ou avait-il fait cet investissement coûteux uniquement parce qu'il voulait impressionner sa partenaire en soutenant sa petite cousine – ou voulait-il peut-être échanger la cousine plus âgée contre la plus jeune? Non, c'était malveillant. Il n'y avait aucun signe d'une relation étroite dans le comportement des deux, et Sutter doutait que Céline s'intéresse aux hommes. Lui-même n'avait jamais essayé de la conquérir – les complications érotiques au travail étaient hors de question pour lui. Otto et Juri, en revanche, avaient alternativement tenté de gagner ses faveurs et n'avaient récolté qu'un sourire d'ennui.

Peu importe les motifs qui avaient poussé Jaccard à agir, tout était pour le mieux. L'entreprise et les projets de recherche étaient sauvés. Il pouvait donc enfin se permettre de prendre des vacances sans soucis. Il avait eu peur de ne pas être en forme, mais malgré les nombreuses courses d'aujourd'hui, il n'avait pas ressenti d'essoufflement. Si les choses continuaient ainsi, il n'aurait pas besoin de l'inhalateur contre l'asthme que Mme Widmer avait eu du mal à trouver au dernier moment.

Lorsque le plat principal, un filet de bœuf Wellington, lui fut servi, le couple inégal à la table d'à côté avait déjà pris le dessert. Soutenu par sa compagne, le malade se releva péniblement de sa chaise. En sortant, il salua Sutter gentiment et la jeune femme lui sourit avec charme. Il réagit par un léger mouvement de la tête vers le foyer, espérant qu'elle comprendrait son invitation.

~

Dans le hall, la plupart des tables étaient déjà occupées, car un chant de Noël commun des hôtes, de la famille propriétaire et du personnel était prévu. Sutter se demanda s'il ne serait pas mieux d'attendre au bar, mais là, il risquait de manquer l'arrivée de la belle fille, si elle pensait même à accepter son invitation. Il se promenait donc dans le hall, mais gardait un œil sur l'ascenseur. Il n'avait pas besoin d'être patient longtemps. La jeune africaine sortit de l'ascenseur et regarda autour d'elle, incertaine. Sutter s'approcha d'elle et demanda: „Lobby avec des chants de Noël ou bar?"

Elle sourit. „Je suis musulman d'origine et en plus, je chante mal. Il vaut mieux que je n'essaie pas."

Au bar, elle dit que M. Monnier aurait aimé venir boire un verre, mais qu'il ne se sentait pas bien ce soir. Il lui avait presque ordonné d'accepter l'invitation du gentil jeune homme, sinon elle n'aurait pas osé venir.

Ils commandèrent du vin blanc et après avoir porté un toast, il se présenta: „Je suis Fred Sutter de Zurich. Je pensais devoir déterrer mon anglais ou mon français pour te parler."

Elle rit. „Tu ne sais pas combien de fois je suis accosté en anglais – à Bienne, bien sûr, aussi en français. Je m'appelle Asali. Mes parents ont immigré de Somalie en Suisse. J'ai grandi à Bienne et j'ai appris l'allemand et le français quand j'étais enfant, mais si tu veux, nous pouvons aussi parler somali."

„Et comment as-tu obtenu ton poste d'infirmière du vieux?"

„Mon père a un emploi stable, mais gagne peu. C'est pourquoi ma maman dirige le ménage de M. Monnier, depuis le décès de sa femme. Il lui a demandé une fois si elle pouvait l'accompagner en vacances, mais elle n'a pas voulu. Alors je suis intervenu. En tant qu'étudiante en médecine, je suis qualifié pour cela. C'est mon quatrième voyage avec lui. Il est très gentil et d'ailleurs, je gagne plus en deux semaines que si je travaillais deux mois dans n'importe quel emploi de vacances. J'ai besoin d'argent pour mes études. De cette façon, je l'obtiens rapidement et je peux préparer mes examens en même temps. Comme je suis toujours à sa disposition, je reste assise pendant des jours et j'ai malheureusement plus qu'assez de temps pour étudier." Elle le regarda avec un sourire malicieux. „Que fais-tu à part d'accoster des filles en vacances?"

Sutter devait admettre qu'il avait sous-estimée la jeune femme, mais ça lui faisait plaisir de raconter ses projets de recherche à une personne qui avait des connaissances préalables. La conversation durait longtemps et il se faisait tard avant qu'ils ne se retirent.

„Viens, j'ai quelque chose à te montrer. Au premier étage il y a de belles vitrines", suggéra Sutter. Ils montèrent les escaliers et s'émerveillèrent devant la chaussure et les autres objets que l'impératrice Zita avait oubliés lorsqu'elle partit précipitamment après le coup d'État à Vienne. À côté, il y avait une serviette en tissu qu'Einstein avait gribouillée pendant le repas avec une formule qui semblait être une plaisanterie.

Ernst Straub était assis dans l'arrière-salle de la pharmacie Esculape, sur la Freiestrasse à Zurich, et était en train d'écrire une lettre qui devait être difficile. Il hésita encore et encore, lit le projet, froissa le papier et recommença. Enfin il avait trouvé une version satisfaisante et mit la lettre dans une enveloppe. Puis il alluma la grande lumière et ramassa les boules de papier éparpillées sur le sol, dont il voulait se débarrasser à l'extérieur. Le contenu de sa lettre ne devait pas être connu trop tôt. Il regarda sa montre. Il était minuit et le service d'urgence du jour de l'an 2019 était terminé. Pour lui ceci avait été une aubaine d'être seul toute la journée et de ne voir que quelques rares clients. Maintenant il devait d'abord déposer chez sa sœur la lettre qu'il venait de lui écrire. Puis il irait s'asseoir sur la rive du lac et regarder l'eau. Il faisait certainement froid dehors, mais il ne gèlerait pas longtemps.

Tôt le matin, un passant qui promenait son chien découvrit le corps effondré, appuyé contre une pierre près du Zürichhorn, où la rive du lac avait été transformée avec de gros galets et des rochers de ruisseau en une baie d'aspect naturel.

La police scientifique passa au peigne fin le site où le corps avait été trouvé. À côté du défunt se trouvait une bouteille vide de pharmacien, et dans sa poche une carte d'identité, délivrée à Ernst Straub, né en 1986. Il n'y avait pas de lettre d'adieu.

~

Personne n'aurait pu soupçonner que cette femme sportive aux longs cheveux noirs, vêtue d'un jean gris, de bottes mi-hauteur, d'un pull en cachemire noir et d'une veste ouverte en duvet de couleur anthracite, était une inspectrice de la police judiciaire zurichoise. Dès son arrivée au siège du Département des enquêtes criminelles, dans la Zeughausstrasse, Laura Crameri se procura un expresso et deux croissants, les amena au bureau, et prit son petit-déjeuner debout devant la fenêtre, bien que la vue qui lui était offerte n'était pas faite à lui remonter le moral. L'immense bâtiment de l'ancienne caserne obstruait la vue sur la rivière Sihl, le parking presque vide derrière ce bâtiment était désolant et la lugubre prison de la police tout simplement déprimante. L'unique remontant étaient les sommets boisés du Hönggerberg et du Zürichberg qui s'élevaient de la mer grise de maisons, bien que le terme de colline aurait été bien plus approprié. Il n'y avait de neige nulle part.

À l'idée de la neige, Laura regretta de ne pas pouvoir skier par cette belle journée. Le jour de Bärzelis, comme on l'appelle le 2 janvier à Zurich, était un jour férié officiel, mais elle était en service de garde. Pourtant, elle ne pouvait pas se plaindre. Elle avait pleinement profité de ses vacances aux Grisons, depuis Noël jusqu'à hier. Néanmoins, cela l'ennuyait de rester assise sans rien faire par ce temps radieux.

Elle regarda autour du bureau qui était pratiquement aménagé, mais le mobilier gris était déprimant. Il fallait absolument donner une touche de couleur au mur nu à côté de la bibliothèque. À l'occasion, elle devait y accrocher une affiche. Quelques plantes sur le rebord de la fenêtre égayeraient aussi un peu l'atmosphère, mais il fallait les arroser régulièrement. Les cactus seraient probablement mieux adaptés. Elle devait encore y réfléchir.

Elle s'allongea sur la chaise longue noire en cuir que Paul, son ancien mentor et patron, lui avait laissée lorsqu'il était parti en retraite, et essaya de se détendre. Cette année, les conditions d'enneigement étaient exceptionnellement bonnes et elle en avait profité pour skier avec des amis. Ils avaient visité un domaine skiable différent chaque jour, de Davos à Flims. Laura sourit en pensant à la journée sur la Lenzerheide. Avant de rentrer à Coire, ils s'étaient arrêtés dans un restaurant où un pianiste jouait et où des gens dansaient. Un sympathique Italien l'avait invité à danser, puis l'avait traînée dans un bar proche pour boire un verre. Ils avaient bavardé de façon animée – et beaucoup trop longtemps. Lorsqu'elle voulait rejoindre ses amis, ils avaient disparu et la voiture n'était plus sur le parking! Son cavalier aurait aimé la garder avec lui, mais devait avouer que l'appartement était déjà entièrement occupé par sa famille. Après tout, il l'amena à Coire dans sa voiture. À la maison, son frère, qui avait aussi été de la partie, lui expliqua qu'ils l'avaient longtemps cherchée en vain, mais que Nicola, qui les avait emmenés dans sa voiture, était furieux et se décida de partir sans elle. Avec un clin d'œil conspirateur, son frangin lui fit comprendre que tout le monde croyait qu'elle avait disparu avec l'Italien dans sa chambre, et il ajouta: „Je pense que Nicola avait l'œil sur toi, mais maintenant tu peux l'oublier.“ Ce serait assez facile pour elle. Nicola n'était pas son type.

Elle caressait le côté de la chaise longue avec sa main. Combien de nuits avait-elle dormi dessus pendant les périodes agitées de l'été dernier? Dernièrement, il ne s'était pas passé grand-chose à Zurich qui aurait nécessité l'intervention de la police judiciaire. Elle n'était pas la seule à s'ennuyer. La plupart de ses collègues étaient sous-employés. Même en dehors de cette accalmie actuelle, elle avait imaginé que son travail de commissaire serait plus prenant. Les trois premiers mois dans son nouveau poste avaient été décevants. Depuis la retraite de Paul, elle ne pouvait s'occuper que de petites choses et avait l'impression que ses collègues la croyaient incapable de traiter seule un cas important. Alors qu'elle travaillait comme assistante de Kuhn, on leur avait confié les cas les plus difficiles et ils avaient réussi à les résoudre avec une rapidité étonnante. Bien sûr, Paul avait été le partenaire expérimenté, plus psychologue qu'elle, mais elle avait apporté sa contribution par ses connaissances des techniques criminalistiques modernes. Ils avaient formé une équipe idéale. Lorsque Paul prit sa retraite, elle avait été promue en raison de leurs succès – peut-être un peu trop rapidement.

Ce qui aggravait son mécontentement, c'était l'inspecteur médiéval Beck dans le bureau d'à côté. Officiellement, il n'avait rien à voir avec elle, mais la traitait comme une petite fille: 'Je vais vous donner un conseil ma petite, peut être vous n'avez pas bien compris, je vous conseille.' Une phrase stupide après l'autre. Elle l'avait supporté pendant longtemps parce qu'elle ne voulait pas de dispute. L'autre jour, il lui avait demandé d'aller lui chercher du café et lui posé gentiment la main sur la nuque, et elle avait explosé. Elle lui avait grogné dessus pour qu'il garde sa sagesse pour lui et ne lui mette pas ses doigts sales. Cela pouvait encore passer, à la limite, mais elle aurait peut-être dû renoncer à ajouter le 'macho dépouillé'. Au moins, il l'avait laissée seule depuis et le jour avant Noël, il l'avait même saluée à nouveau et lui avait souhaité de bonnes vacances.

Même en dehors de cette petite dispute, elle avait besoin de discuter de sa situation avec son ami paternel Paul. Il pourrait peut-être demander à la patronne de lui confier une affaire intéressante ou la faire participer à une enquête en équipe. Puis elle réalisa que c'était une mauvaise idée. Si elle faisait appel à son ancien mentor, cela signifierait seulement, aux yeux de Mme Hofmann, qu'elle ne savait pas s'affirmer. Néanmoins, elle voulait voir Paul et lui souhaiter une bonne année. Elle était sur le point de décrocher le téléphone quand il sonna. „Crameri?"

Déçue, elle raccrocha le téléphone. Encore une de ces affaires insignifiantes. De toute évidence, il s'agissait d'un suicide et seule la lettre d'adieu manquait pour clore le dossier. Au moins, elle était de nouveau occupée pendant un certain temps. Cela ne devait pas l'empêcher de voir Paul. Elle passa l'appel et prit rendez-vous avec lui pour le dîner. Jusque-là, elle avait beaucoup de temps et pouvait l'utiliser pour se renseigner à la pharmacie Esculape où le suicidaire avait travaillé.

~

Indécise, Laura faisait des allers et retours devant la pharmacie. C'était la première fois qu'elle devait signaler un décès à quelqu'un. Au moins, c'étaient des collègues du défunt et non des membres de sa famille. Elle prit son courage à deux mains et entra.

Les employés étaient bouleversés par la nouvelle que leur collègue s'était suicidé. Le propriétaire demanda à Laura de prendre place dans le bureau. Il expliqua que Straub avait obtenu son diplôme de pharmacien à l'école polytechnique fédérale de Zurich il y avait deux ans, et avait immédiatement pris ses fonctions ici. Il travaillait avec compétence et de manière impeccable. Souvent il reprit volontairement le service de nuit et hier, au jour de l'an, même le service d'urgence. Puis le pharmacien alla appeler les employés. En partant, il se retourna en disant: „Je suppose qu'Ernst a pris du pentobarbital et un sédatif d'ici. Je vais voir s'il en manque. Il pourrait aussi avoir mis à côté une dose plus tôt et falsifié l'inscription dans le livre de contrôle, ce qui serait difficile à démontrer."

Pour autant que Laura le sache, une dose mortelle de pentobarbital consistait en 30 grammes, dissous dans de l'eau. La police scientifique n'aurait aucun mal à en détecter des traces dans le flacon et l'urine du mort.

La directrice des ventes, ou quel que soit son titre de fonction, n'avait que de bonnes choses à dire sur son collègue. Selon elle, Straub était très privé, mais travailleur et correct. Pour autant qu'elle le sache, il n'avait jamais ni reçu la visite d'amis ou de petites amies ni fait des appels privés.

Laura lui demanda si Straub avait parfois voyagé. Elle haussa les épaules, mais après une courte hésitation, elle se souvint: „Sa sœur Doris travaille pour une organisation humanitaire en Afrique, mais ne me demandez pas où elle est stationnée. L'automne dernier, Ernst a pris trois semaines de vacances et pourrait l'avoir visitée. En tout cas, il a apporté suffisamment de médicaments contre la malaria avec lui pour fournir un petit hôpital de brousse pour quelques mois."

„Savez-vous quand sa sœur rentrera à la maison?"

„Je crois qu'elle est partie en mars dernier. En tout cas, Straub a pris une matinée de congé avec l'excuse que sa sœur partait pour un an et qu'il l'accompagnait à l'aéroport."

C'était une information importante pour Laura. La sœur devait être informée. Peut-être connaissait-elle aussi les raisons qui avaient poussé son frère à se suicider. Si elle était encore en Afrique pendant des mois, elle devait la contacter là-bas. „Straub gardait-il des choses privées dans un placard ici? J'aimerais voir si j'y trouve l'adresse de sa sœur."

L'employée lui montra le casier qui était ouvert et vide. Straub n'avait rien laissé derrière lui.

Aucune des assistantes interrogées pouvait expliquer pourquoi leur collègue aurait voulu se suicider. Il avait été calme et renfermé, mais toujours amical. Seulement, il ne riait jamais. Une jeune employée semblait particulièrement attristée par la mort de son collègue. Laura l'encouragea et finalement elle lui confia: „Je crois qu'il a vécu une expérience amère dans le passé – probablement un chagrin d'amour." Elle hésita avant de continuer: „Eh bien, il était toujours seul et je l'aimais bien. Je lui ai donc demandé une fois si nous pouvions sortir ensemble. Il a réagi évasivement et a finalement dit que c'était gentil de ma part, mais qu'il ne voulait pas vivre à nouveau ce qu'il avait vécu."

Laura avait l'impression que son interlocutrice avait tout dit ce qu'elle savait. Elle prit congé et se rendit au domicile du défunt pour voir si le jeune homme y avait laissé une explication de son acte désespéré. Le petit appartement était proche de la pharmacie, modeste, mais confortablement meublé et propre. Sur les étagères se trouvait principalement de la littérature pharmaceutique. Pour Laura, quatre livres sur l'Afrique étaient plus instructifs, une histoire culturelle du continent, deux guides de voyage sur l'Afrique de l'Est et le Congo, l'ancien Zaïre, et un livre sur le génocide au Ruanda Burundi. Si sa sœur travaillait dans cette région en crise, elle avait choisi une tâche difficile.

Sur le bureau se trouvait la photo d'une jeune femme blonde aux grands yeux et à l'expression perdue. Elle pouvait être la sœur de Straub, mais Laura en doutait, car à côté de la photo, il y avait une rose rouge encore fraîche. La femme sur la photo était donc probablement son amie. Peut-être n'était-elle plus en vie et Straub avait mis la rose pour annoncer qu'il allait la rejoindre. Réticente, Laura secoua la tête. Elle devenait sentimentale!

Au moins, l'hypothèse de la mort de la jeune femme correspondait à la maladie d'amour de Straub, que la jeune fille de la pharmacie avait mentionnée. Sa sœur en savait peut-être plus sur cette relation. Malheureusement, il n'y avait ni agenda ni carnet d'adresses dans l'appartement. Laura prit la photo de l'amante présumée et partit pour sa rencontre avec Paul.

~

L'auberge „Weisser Wind", où elle avait rendez-vous avec Kuhn, était située près de la ruelle où il vivait. Il était déjà arrivé et l'attendait devant un verre de vin. À côté de la carafe un verre vide était prêt pour elle. Puis Laura découvrit les deux béquilles sous sa chaise. Elle savait maintenant pourquoi il avait proposé de la rencontrer si près de son appartement. „Que s'est-il passé?" demanda-t-elle anxieusement.

„Il y a quelques jours, j'ai trébuché sur une marche devant ma porte et je me suis abîmé le genou. C'est ce qui arrive quand on vit dans la Trittligasse. Le médecin dit que ce n'est rien de grave, mais je dois y aller doucement." Kuhn versa du vin pour Laura. „Arrosons d'abord la nouvelle année!" Après qu'ils eurent trinqué il demanda, comment elle se portait.

Laura leva les épaules. „Ça va, mais parlons-en plus tard."

Après quelques minutes de silence, Kuhn revint sur sa question et Laura répondit avec hésitation: „Pour l'instant, il ne se passe pas grand-chose dans notre ville. C'est bien beau, mais ennuyeux. Je n'ai pas pu travailler sur quoi que ce soit d'intéressant depuis que tu as pris ta retraite. Aujourd'hui au moins, j'ai pu parler avec quelques personnes. Un jeune pharmacien s'est suicidé et j'essaie de savoir pourquoi." Elle lui décrivit brièmement l'affaire, puis la conversation échoua à nouveau.

„Viens, je te connais", rompit Kuhn le silence. „Dismoi ce qui te tracasse."

Il l'écoutait avec un sourire lorsqu'elle lui raconta sa dispute avec Beck, puis il dit calmement: „Ça ressemble au vieux bouc – c'est comme ça qu'on l'appelait dans son dos. Tu es bien ficelée avec ton visage attrayant et tes longs cheveux noirs. Aucun homme ne peut résister à cela et lui en dernier. Je suppose qu'il pense qu'il est toujours aussi attractif qu'il l'a été d'antan. Tu as bien réagi. Il est capable d'apprendre, t'évitera pendant un certain temps, mais se comportera normalement par la suite. Tu peux l'aider en faisant comme si rien ne s'était passé."

„J'ai pourtant voulu surfer sur la vague Me Too une fois, moi aussi", râla Laura avec une déception feinte.

Durant le petit-déjeuner Sutter passa en revue ses vacances. Les deux semaines étaient passées beaucoup trop vite et demain il devait repartir. Il n'avait depuis longtemps pas été aussi actif physiquement qu'il l'était pendant les deux semaines passées. Comme Asali était occupée comme infirmière pendant la journée, il avait donc skié seul toute la journée et n'avait pu passer que les soirées et les nuits avec elle. Elle l'avait présenté à son protégé déjà le jour de Noël lors d'un apéritif, et depuis, ils mangeaient ensemble à la même table. Monnier possédait une petite fabrique de montres de luxe qui semblait bien fonctionner. Mentalement, il était toujours en forme et des conversations intéressantes se développèrent entre eux. Heureusement, les défauts immunologiques dont les deux hommes souffraient n'étaient mentionnés qu'une seule fois, lorsque Monnier fit la remarque moqueuse qu'il serait plus sage s'ils buvaient de la cortisone au lieu de vin. Deux jours avant son départ, il avait spontanément suggéré à Asali de prendre congé le lendemain et d'aller faire un tour dans les montagnes avec Sutter. Elle n'était jamais sortie plus d'une heure et il pouvait se débrouiller seul. Il y avait suffisamment de personnel amical ici.

Asali ne pouvant pas skier, ils étaient montés en téléphérique jusqu'au Crap Son Gion, et après un repas sur la terrasse ensoleillée, ils étaient descendus à pied de la station intermédiaire au village de Falera. Sutter avait invité Asali à rester quelques jours de plus, mais elle devait accompagner Monnier chez lui. Dommage, mais comme elle étudiait à Zurich, ils avaient de nombreuses occasions de se revoir. Sutter espérait que son divorce serait rapide et qu'il pourrait commencer une nouvelle vie avec Asali en tant qu'homme libre.

En buvant une énième Tasse de café, Sutter réfléchit à ce qu'il pourrait faire le dernier jour de ses vacances. Durant deux semaines, il avait pu skier sans problème, mais hier, il avait eu le souffle court. Peut-être, le foehn avait transporté de la poussière ou du pollen précoce de la plaine du Pô à travers les Alpes. En tout cas, une journée de repos dans les régions plus profondes lui ferait du bien. Il avait envie de refaire la randonnée à Conn et d'admirer les gorges du Rhin. Dans le restaurant là-bas, il pouvait manger et prendre un verre de vin. L'inconvénient de cette excursion était que le chemin traversait principalement la forêt et que le soleil était rarement visible. Finalement, il décida de partir de Fidaz sur le chemin de montagne qui menait à Foppa, d'où il pouvait revenir à Flims en télésiège ou à pied, selon son humeur. S'il avait suffisamment de temps, il voulait visiter l'exposition „Poésie de la trouvaille" dans la si-dite maison jaune – qui était peinte en blanc. Asali lui avait dit que dans ce musée, d'innombrables trouvailles provenant de la zone des pistes de ski étaient exposées sur une longue table en forme de serpent: canettes de bière, brochures, gants, billets, argent, sous-vêtements et mégots de cigarettes. Peut-être que la photo de Svenja, qu'il avait toujours portée avec lui jusqu'à ce qu'elle tombe de sa poche en skiant l'année dernière, en faisait partie. Il espérait que le musée lui rendrait ce souvenir sentimental, s'il s'y trouvait vraiment.

Alors qu'il sortait de l'hôtel, une petite Lexus noire qui lui semblait familière s'arrêta devant la maison, et en effet, c'était Evita qui sortit de la voiture, se précipita vers lui avec une crinière ondulante en criant: „Espèce de porc! Bernauer m'a expliqué hier comment tu veux me dédommager pour toutes ces années perdues près de toi. Tu ne t'en tireras pas à si bon compte!"

Sutter prit sa femme par le bras et l'amena à quelques pas de l'entrée de l'hôtel. Il ne voulait pas que toute la maison assiste à leur crise matrimoniale. „Cet arrangement s'inscrit dans le cadre des dispositions légales. Bernauer m'a envoyé une copie il y a quelques jours, mais je ne l'ai pas encore lue." C'était un mensonge. Non seulement il avait lu et signé la proposition, mais il avait également rédigé un testament dans lequel Evita ne s'en sortait pas mieux. Il l'avait fait signer à Monnier et Asali comme témoins. Il ne voulait pas le confier à Evita. Il n'avait aucune envie d'aller se promener avec le visage égratigné, mais le fait que sa bien aimée venait de le traiter de porc lui fit oublier toute sa prudence: „J'ai enfin compris que tu ne m'as épousé que pour mon héritage, et je ne cherche qu'à te gâcher la note. Je serai heureux de me débarrasser de toi – au meilleur prix possible."

Evita le regarda avec des yeux étroits et siffla: „Tu vas le regretter!" Elle fit demi-tour, monta dans sa voiture et partit en trombe, faisant gicler les cailloux.

Sutter la suivait des yeux jusqu'à ce qu'elle disparût au tournant. Curieusement, la pensée qui l'occupait le plus était, comment Evita avait réussi à sortir du lit si tôt qu'elle pouvait être à Flims à ce moment-là. Il regarda l'horloge. S'il ne voulait pas rater le bus pour Fidaz, il devait se dépêcher.

Le jour de repos à hauteur moyenne n'avait probablement pas été une bonne idée. Déjà pendant la montée ridiculement courte de Fidaz à Scheia, il dût s'arrêter plusieurs fois pour reprendre son souffle. Peut-être s'était-il trop approché du chat qui se prélassait sur le rebord d'une fenêtre du village. En tâtant sa poche, il s'assura qu'il avait bien pris avec lui le spray contre l'asthme. Derrière le hameau Sheia, le chemin était plat et parfois même légèrement en descente, et Sutter se remit vite. À l'endroit où le chemin vers Foppa se séparait du cheminement vers Flims, il n'hésita donc pas à s'attaquer à la montée raide, mais commença bientôt à haleter. Il atteignit à peine le pré de Tomasel ou il put s'assoir sur un banc de repos. Peu à peu il reprit son souffle et admirait la vue. Néanmoins, il se demanda s'il ne valait pas mieux renoncer à son excursion et étudia la carte de randonnée. Un peu plus haut, un raccourci abrupt bifurquait vers Flims, mais Sutter n'était pas sûr qu'il soit praticable avec toute cette neige. Après mûre réflexion, il décida de tenter l'ascension de Foppa. De tout manière, il avait presque atteint la hauteur de Spaligna et de là, il pouvait, si nécessaire, descendre sur le large chemin de randonnée jusqu'à Flims.

En préparation de l'effort à venir, Sutter inhala deux larges doses du spray contre l'asthme. Il croyait qu'il respirait le feu. Un mucus visqueux sortit de ses poumons et bloqua la trachée. De l'écume lui vint à la bouche. Il se battait désespérément pour avoir de l'air. Lentement, il se rendait compte qu'il était sur le point d'étouffer misérablement.

~

Nico Caflisch remonta avec sa moto le large chemin menant du village de Flims vers Tomasel, un alpage sous la face de roche du Flimserstein. Un promeneur y avait trouvé un homme mort et avait donne l'alarme. Caflisch était heureux que le mot 'POLIZIA' soit écrit sur son gilet rouge, sinon les randonneurs l'auraient regardé avec encore plus de reproche. Le centre d'appel d'urgence lui avait demandé de se rendre à l'endroit où le corps avait été trouvé et de rechercher des traces suspectes. Un médecin devait venir en hélicoptère aussi vite que possible et emporter le mort.

Caflisch remonta le nez. La police cantonale était évidemment convaincue qu'il s'agisse d'une mort naturelle, sinon elle n'aurait pas demandé l'intervention de la police du village qui était juste assez bonne pour de petites tâches ridicules. Il supprima cette pensée amère. La route demandait toute son attention. La neige poudreuse et les taches de glace alternaient, et il ne pouvait gérer sa lourde machine qu'avec difficulté. Après avoir fait la montée raide à travers les prés, il tourna vers l'endroit où le chemin vers Foppa bifurquait. Il stationna sa machine à la lisière du bois, car il aurait été impossible de remonter plus loin avec elle. Il monta à pied le chemin qui lui semblait beaucoup plus raide que la dernière fois qu'il l'avait pris.

Quatre personnes se tenaient à côté du corps sans vie et Caflisch, malgré sa veste d'uniforme, eut du mal à les faire reculer. De toute manière ça ne servait plus à rien. La neige avait été complètement piétinée, et il était impossible de lire sur les traces ce qui s'était passé ici.

„Lequel d'entre vous a trouvé le corps?"

Un homme en costume de sport qui avait dû coûter une fortune se présenta. Il était passé par ici il y avait une quarantaine de minutes, avait découvert le corps et alerté le numéro d'urgences. „J'ai vérifié si l'homme était vraiment mort et j'ai senti son pouls, mais il n'y avait plus rien à faire. Autrement je ne me serais pas approché autant."

„Apparemment, c'était une mort naturelle. Je n'ai pas besoin de chercher des indices."

Le bruit de l'hélicoptère de sauvetage se faisait entendre bien avant qu'il ne devienne visible. Il atterrit sur un endroit presque plat, juste au-dessus du chemin, et souleva la neige, couvrant les dernières traces.

„Bien di! Le corps se trouve juste devant la banque. Si vous avez de la chance, vous le trouverez en creusant un peu dans la neige", salua Caflisch sarcastiquement le médecin et ses aides.

„Bonne journée! Il n'est pas facile d'atterrir sur la pente raide, c'est pourquoi nous avons choisi le seul endroit plat ici, mais vous exagérez." Le médecin s'agenouilla devant le corps, essuya la légère poussière de neige de son visage et sonda le pouls et la température corporelle. „L'homme est mort depuis environ une heure. L'écume à la bouche indique qu'il a subi une grave crise d'asthme. Nous l'emmenons à l'hôpital cantonal de Coire. Le médecin légiste devrait y regarder de plus près."

L'escorte mettait le corps sur une civière et s'apprêtait à l'emporter, mais Caflisch leur demanda d'attendre un moment. „J'aimerais voir si le mort porte une pièce d'identité." Il fouilla dans les poches de l'anorak et trouva ce qu'il cherchait dans la poche poitrine. „Fred Sutter, résidant à Zurich, âgé de 35 ans." Il nota les détails et examina le portefeuille. „J'aimerais aussi me promener avec autant d'argent dans la poche ... ah voilà, une carte de client de l'hôtel Schweizerhof. Je vais les appeler, pour éviter qu'ils ne signalent sa disparition ce soir et lancent des recherches superflues." Il hésita un instant, puis demanda au médecin:" Est-ce que la police cantonale de Coire pourrait informer la veuve? Je ne suis pas doué pour ce genre de choses."

Le médecin prit les documents sur lui et demanda à son tour: „Pourriez-vous écrire un bref rapport et l'envoyer à vos collègues de Coire, s'il vous plaît? Ils devront encore examiner cette affaire de près. Ce n'est pas rare que nous devons ramener des asthmatiques des montagnes. L'effort dans l'air sec et maigre n'est pas la meilleure chose pour eux. Pourtant, je n'ai jamais vu un cas aussi grave. C'est extraordinaire – pour ne pas dire suspect."

Pour confirmation, Caflisch tapa sur sa casquette en fourrure et après le départ de l'hélicoptère, il descendit vers sa moto. Pour le retour, il choisit le chemin moins dangereux menant à Fidaz et, de là, la route déneigée à Flims. Il aurait été trop risqué de descendre en moto cette patinoire sur laquelle il était monté.

~

Le lendemain matin, Caflisch réfléchit à ce qu'il pourrait faire pendant son dimanche de congé. Il avait prévu d'aller skier, mais la remarque du médecin selon laquelle une crise d'asthme aussi grave que celle dont le pauvre homme avait souffert était suspecte le tracassait. Il voyait encore l'horrible mousse à moitié sèche devant la bouche du mort. Peut-être devrait-il retourner à l'endroit et l'examiner à nouveau en toute tranquillité. Il mit une chopine de Veltliner dans son sac à dos, appela son chien de chasse gris-noir et partit, cette fois-ci à pied, à l'endroit ou le mort avait été retrouvé.

La neige tourbillonnant sous l'effet du flux d'air de l'hélicoptère avait recouvert l'endroit déjà perturbé d'une fine couche de poudreuse, et le médecin et les assistants y avaient piétiné de nouvelles traces. Il était exclu de lire quoi que ce soit de cette confusion. Caflisch s'assit avec un haussement d'épaules et voulait boucher sa pipe, mais fut distrait par son chien qui aboyait furieusement, la tête enfouie dans un petit trou dans la neige. Puis il vint vers son maître en gémissant et en reniflant pitoyablement.

„Qu'est-ce qui ne va pas, Puck?" demanda Caflisch en caressant son compagnon fidèle.

Le chien grogna retourna à l'endroit où il avait creusé dans la neige, mais il ne mit plus sa tête dans le trou et aboya à distance de sécurité. Caflisch alla voir ce qui dérangeait son chien et descendit prudemment la pente raide en essayant à ne pas faire glisser la neige. Il scanna la petite grotte avec sa main, mais ne trouva rien. Avec le petit balai qu'il avait amené, il commença à essuyer soigneusement la neige et découvrit assez profondément un objet en plastique bleu clair qui devait être un spray d'asthme. Il ne connaissait rien à l'asthme, mais il avait vu une fois un vieil homme haleter et inhaler à l'aide d'un tel appareil. Il mit sa trouvaille dans un sac en plastique, remonta au banc et alluma sa pipe. Le chien vint vers lui et mit sa tête sur ses genoux. „Merci Puck, tu m'as épargné beaucoup de travail. Je n'aurais jamais trouvé ce truc par moi-même."

Pour célébrer son succès, Caflisch sortit le vin de son sac à dos, l'ouvrît avec son couteau militaire, prit une gorgée et admira le panorama s'étendant de l'entrée de la vallée du Safiental, en passant par le groupe Signina,

Piz Aul et Piz Terri jusqu'au Piz Mundaun. Le paysage, couvert de neige brillant sous le soleil, offrait une vue magnifique, mais trop vite, ses pensées retournèrent vers l'homme qui était mort si horriblement ici, à l'âge de seulement trente-cinq ans. Comment ce jeune homme athlétique avait-il pu souffrir une crise aussi violente et fatale? Après tout, il avait maîtrisé l'ascension assez pénible jusqu'ici. Son asthme ne pouvait donc pas être si grave qu'il devait en mourir soudainement, surtout s'il avait son spray avec lui. Peut-être, pris d'une quinte de toux, il l'avait laissé tomber dans la neige. Une autre possibilité était que l'homme malchanceux ait accidentellement emporté un tube vide avec lui.

Caflisch ne pût se débarrasser de cette idée. Il prit le sachet en plastique de sa poche et l'ouvra un peu pour exposer le bec du spray, en prenant soin de ne pas le toucher directement. Puis il appuya fort sur le bouton de déclenchement. Une fine brume sortit de l'appareil et le frappa au visage. Puck hurla et se mit à l'abri. Caflisch se demandait ce qui n'allait pas avec le chien, mais soudainement ses yeux commencèrent à brûler atrocement. Il eut une terrible quinte de toux, crachant presque ses poumons et il lui fallut beaucoup de temps pour respirer à nouveau normalement. Épuisé, il resta assis en se demandant ce que cela signifiait. Lors d'un exercice de police, il avait fait une connaissance désagréable avec un spray au poivre et avait réagi de la même manière. Comment un tel irritant avait-il pu finir dans un médicament contre l'asthme?

Caflisch était soudainement pressé de rentrer chez lui. Il apporterait immédiatement ce spray fatal au service médico-légal de Coire. Alors qu'il se dépêchait de descendre le chemin vers le village, Puck poussa son museau contre sa cuisse et lui présenta fièrement la pipe qu'il avait laissée tomber lors de son attaque de toux. „Brave bête! Aujourd'hui t'auras deux portions de viande, et si tu n'étais pas un chien, je t'offrirais un gros cognac pour aller avec.“

Une demi-heure plus tard, Caflisch gara sa moto devant l'entrée principale de l'hôpital cantonal de Coire et alla à la réception pour demander où il pouvait trouver le médecin légiste. Sa demande de parler au chef fut accueillie avec scepticisme, et si, par mesure de précaution, il n'avait pas mis sa veste de police pour sa visite à l'hôpital, il n'aurait probablement pas été admis. Après avoir téléphoné, la réceptionniste lui dit que le médecin l'attendrait dans le bâtiment C. Après avoir traversé un couloir sans fin, il arriva dans une cour intérieure où le chef de service l'attendait: „Vous venez de Flims? Apportez-vous du nouveau dans l'affaire Sutter?“

„Bonsoir, docteur. Oui, j'ai réexaminé aujourd'hui l'endroit où le corps a été découvert et mon chien a trouvé cet inhalateur dans la neige profonde.“ Il tint le sac en plastique sous le nez du médecin. „Je me doutais qu'il puisse être vide et que le pauvre type soit mort à cause de ça, mais c'est autre chose. Je vous conseille de ne pas trop renifler.

„Spray au poivre?“ Lorsque le médecin vit la déception sur le visage du policier, il expliqua: „Vous m'avez prévenu de ne pas le renifler. En plus, je m'attendais à quelque chose comme ça. Les symptômes de Sutter sont trop drastiques pour une crise d'asthme habituelle et ressemblent plutôt à des dommages causés par un spray au poivre. Cela peut être fatal chez les asthmatiques. J'ai déjà envoyé de la salive et des échantillons de la muqueuse buccale, de la trachée et des poumons au laboratoire pour voir si la capsaïcine est détectable." Lorsque Caflisch le regardait d'un air interrogateur, il ajouta „La capsaïcine est extraite des fruits du poivrier et constitue l'ingrédient actif des sprays de poivre."

„Apparemment, je suis venu à Coire en vain." Caflisch était visiblement déçu.

„Au contraire, votre découverte est extrêmement importante", lui assura le médecin. „Nous ne savions pas que la victime ait inhalé l'irritant de son inhalateur d'asthme. Quelqu'un aurait pu l'asperger avec un spray au poivre ordinaire. Grâce à votre trouvaille, nous pouvons également déterminer la concentration de la substance. S'il ne s'agit que d'une quantité infime, on pourrait penser que quelqu'un aurait fait une blague – toujours très mauvaise. Vu l'état des poumons, je pense que c'était une forte dose, introduite avec de mauvaises intentions. Cela signifierait un meurtre prémédité.

Une légère brume planait au-dessus de Zurich. Laura s'allongea dans son fauteuil, grignota un croissant et but du café. Elle avait souvent pris ce deuxième petit-déjeuner au bureau avec Paul. Ils avaient discuté des affaires en cours et abordé toutes sortes de sujets. Cet échange régulier lui manquait, mais elle avait gardé cette habitude après son départ. Pour l'instant, il n'y aurait pas eu grand-chose à dire, même si Paul avait été là. Résignée, elle leva les mains. Comme elle n'avait rien d'autre à faire, elle pouvait au moins essayer de découvrir pourquoi Straub s'était donné la mort.

Elle ferma les yeux et passa en revue le peu qu'elle avait appris. Selon les témoignages de ses collègues, le pharmacien avait été travailleur et amical, mais réservé. Il n'avait pas accepté l'invitation de la jeune employée à sortir avec elle et avait laissé entendre qu'il ne voulait plus jamais vivre une déception aussi amère que celle qu'il avait déjà vécue. Laura supposa que cece drame s'était produit pendant ses études. À la pharmacie, les collègues auraient remarqué qu'il traversait une crise et le lui auraient raconté. Peut-être que ses camarades d'étude sauraient lui en dire plus.Il frappa à la porte et Mme Hofmann entra. Si la patronne venait en personne, il devait y avoir une raison particulière. Laura craignait que M. Beck ne se soit plaint de sa réaction sévère.

„Mme Crameri, j'ai un cas intéressant pour vous. Avant-hier, un homme d'affaires zurichois, Fred Sutter, a été tragiquement tué pendant ses vacances à Flims — spray au poivre au lieu de spray contre l'asthme! Le pauvre homme n'a pas mélangé les tubes. Non, l'irritant a été introduit à fortes doses dans son spray contre l'asthme. Je n'ai jamais vu un meurtre aussi perfide.“ Mme Hoffmann se dit dégoûtée et poursuivit: „La victime semble n'avoir eu ni relations privées ni relations d'affaires dans les Grisons. Nos collègues de Coire pensent donc qu'il serait plus judicieux que nous menions l'enquête ici à Zurich dans l'environnement local de la personne assassinée. Si une piste mène aux Grisons, ils coopéreront naturellement avec nous.

Laura était heureuse de pouvoir enfin travailler à nouveau sur un cas sérieux. „Je suggère que je me rende immédiatement à Coire et que j'y recueille des informations. Je voudrais également poser quelques questions aux personnes avec lesquelles Sutter était en contact à Flims. Sauf pour le voyage, il n'y a pas de frais, je peux habiter chez mes parents.“

Mme Hofmann sourit. „J'espère que vous n'aurez pas à skier pendant trois semaines pour faire vos recherches, Laura, mais bien sûr, il faut parler aux gens sur place. Prenez une voiture de service. Ainsi, vous êtes indépendante et plus mobile qu'avec les moyens publics. Bonne chance. La patronne leva le pouce et alla vers la porte, mais s'arrêta. „Vous vous demandez peut-être pourquoi je suis venu vous voir personnellement pour vous confier cette mission. Il y a une raison à cela: le commissaire Beck n'avait plus d'affaire majeure à traiter encore plus longtemps que vous. Cette enquête lui a été confiée à l'origine. Il y a cependant renoncé par lui-même en votre faveur. Il a dit que vous aviez besoin de vous défouler, et que vous étiez mieux capable de parler à ses gens là-haut avec leur manière brute de parler. Devrais-je savoir quelque chose?“

Laura avait les oreilles rouges et hésitait à répondre. „Ce n'est qu'une petite escarmouche entre deux policiers ennuyés. En ce qui me concerne, c'est réglé et le geste généreux de Beck montre qu'il n'a pas de rancune non plus.“

„Tant mieux. C'est tout ce que je veux savoir. Au fait, Mme Sutter a déjà été informée par la police Grisonne. Il ne faut pas vous inquiéter à ce sujet et vous pouvez partir tout de suite.

La voiture demandée par Mme Hofmann était prête et Laura n'avait pas besoin d'aller chercher ses affaires dans son appartement. Afin de ne pas avoir à porter un sac de voyage à Coire à chaque fois qu'elle s'y rendait, elle avait déposé chez ses parents tout le nécessaire pour les week-ends. Un quart d'heure plus tard, elle se trouvait sur l'autoroute et profitait de la conduite à travers le paysage hivernal.

~

Le siège de la police judiciaire des Grisons était situé dans la Ringstrasse à Coire. Un jeune officier accueillit Laura avec un sympathique „Buon giorno, posso aiutarvi?“ Ses cheveux foncés et crépus indiquaient qu'il venait d'une des vallées du sud du canton. De toute évidence, il avait reconnu un membre du clan dans la femme aux cheveux noirs et à la silhouette racée. Laura, qui parlait italien avec ses parents, se présenta, également en italien, comme l'inspectrice de Zurich, qui s'occupait de l'affaire de Flims. Le jeune policier bavardait joyeusement alors qu'il l'accompagnait vers l'officier responsable.

L'inspecteur Alois Bundi, pour sa part, avait du mal à croire qu'une inspectrice zurichoise parlait le dialecte authentique de Coire en plus de l'italien, et voulait savoir pourquoi c'était le cas. Elle lui expliqua qu'elle avait grandi ici. „Voulez-vous un café? Je vais nous en chercher.“ Il disparut sans attendre une réponse et Laura se demanda si Bundi se serait dérangé avec autant d'élan pour un authentique Zurichois comme Beck.

En buvant leur café, Bundi expliqua les conclusions du département technique à sa collègue. Une dose massive de capsaïcine avait été ajoutée au spray contre l'asthme de la victime. Seule l'empreinte digitale de Sutter était sur la bombe aérosol. L'auteur du crime n'en avait pas laissé.

Bundi sourit: „Notre brave policier de village a non seulement réussi à repêcher l'inhalateur hors de la neige profonde, mais il n'a pas non plus laissé une seule empreinte digitale!“ Puis Bundi redevint sérieux: „Il est probable que la victime ait eu une crise d'asthme pendant la montée et ait donc eu besoin du spray, mais c'était certainement quelqu'un d'autre qui a introduit l'extrait de poivre dans le médicament. Probablement, cette manipulation a été faite avant que Sutter ne parte en vacances. C'est pourquoi l'ensemble de l'environnement zurichois de la victime doit être labouré. Vous êtes plus à même de le faire que nous.“

Bundi tapota la table avec son poing. „Cela ne sera pas facile pour vous non plus. Comme je l'ai appris de sa veuve, Sutter avait de nombreux contacts en tant qu'homme d'affaires, et en tant que star de la vie nocturne zurichoise, il avait un grand nombre d'amis privés – surtout des femmes. Sa veuve m'a donné cette information avec beaucoup de malice. En tout cas, j'ai eu l'impression qu'elle était indifférente à la mort de son mari ou même qu'elle lui convenait.“

Laura secoua la tête avec désapprobation, mais voulut en savoir plus sur les aspects techniques de l'assassinat: „Comment peut-on introduire un irritant dans un tube sous pression?“

„Le service technique a dit qu'il fallait seulement relâcher un peu de pression du tube et injecter ensuite l'extrait de poivre. Pour ceci, il suffit de disposer d'un adaptateur adéquat, d'un appareil professionnel pour remplir les aérosols ou même d'une seringue solide. En tout cas, il y avait encore assez de pression dans le tube pour tuer une douzaine d'asthmatiques.“

„Qui serait capable d'une telle manipulation?“

„Il faudrait certes une certaine compétence technique. Une idée aussi perverse implique une manière spéciale de penser. Pour moi, cela conviendrait surtout à un pharmacien, un médecin ou un biochimiste.“ Pensive, Laura hocha la tête, mais n'entrait pas en matière. Enfin, Bundi demanda: „Que comptez-vous faire?

„Si cela ne vous dérange pas que je fouille dans votre jardin, j'aimerais parler au policier de Flims qui a trouvé le spray de mauvais augure, déjà pour le féliciter de son succès. Ensuite, j'irai à l'hôtel Schweizerhof pour apprendre avec qui Sutter était en contact pendant ses vacances.“

Avant de partir, Laura avait toutefois besoin de quelques informations supplémentaires: „Avez-vous vérifié auprès les pharmacies de Flims et de Coire si des sprays contre l'asthme y ont été vendus récemment?“

„Qu'attendez-vous de ça?" remarqua Bundi avec mépris. „Avec le bon air qui règne là-haut, peu d'habitants souffrent d'asthme et ils sont à peine suspects. Peutêtre qu'un touriste innocent avait besoin d'un inhalateur pour l'asthme, mais je ne vois pas quel intérêt aurait un vacancier à assassiner un type qu'il ne connaît pas, juste parce qu'il n'aurait pas fait la queue au téléférique … Je suis convaincu que celui qui a tué Sutter le connaissait déjà bien avant, habite probablement à Zurich et a manipulé le spray dans un endroit où il disposait de tout dont il avait besoin." Néanmoins, Bundi concéda: „Si vous le souhaitez, nous pouvons faire une enquête dans les pharmacies de Coire et de Flims, mais je n'en attends rien."

„Vous avez raison. Nous pouvons nous épargner ce travail inutile", admit Laura. „Je demanderai à Swissmedic quand et à qui l'inhalateur contre l'asthme a été livré. Le numéro de lot se trouve dans le rapport de votre service technique. J'aimerais en avoir une copie."

„Autant que je sache, on peut acheter des sprays de ce genre sans ordonnance. Dans ce cas, vous ne saurez jamais où, et par qui, il a été acheté."

„Oui, certains sprays sont disponibles sans ordonnance à la pharmacie et peuvent même être commandés sur internet, mais je suppose qu'un asthmatique chronique se fait prescrire ses médicaments par son médecin."

Laura se leva et tendit la main à Bundi. „Je pense que nous avons discuté de tout ce qui est nécessaire. Merci pour le café. Maintenant, je dois y aller."

„C'est l'heure du déjeuner. Il y a un bon restaurant à proximité. Vous êtes mon invitée."

Arrivée à Flims, Laura s'arrêta au poste de police. Au même moment, Caflisch, qui avait assisté à la récupération du mort, revint de sa tournée. Il insista pour montrer à la commissaire l'endroit où le corps avait été trouvé et l'amena avec sa moto jusqu'au début du chemin forestier. Ils faisaient le reste de l'ascension à pied. Sur le lieu où Sutter était mort, Caflisch décrivit de façon très vivante comment son chien avait trouvé l'inhalateur pour l'asthme et ensuite récupéré sa pipe de la neige.

Pour une raison ou l'autre le policier choisit le chemin direct, raide et périlleux, pour redescendre au village. Laura avait déjà fait de nombreuses descentes assez dangereuses en luge, mais cette glissade sur la lourde moto l'avait passablement secouée. Elle remercia donc Caflisch cordialement d'avoir réussi, contre toute attente, à la ramener saine et sauve. Néanmoins, elle n'oublia pas de le féliciter pour son importante contribution à l'enquête sur la cause du décès. Caflisch rayonnait de satisfaction.

Sa voiture de police ne portait qu'une inscription discrète la rendant reconnaissable en tant que telle. Néanmoins, afin de ne pas faire de vagues, elle la gara sur la place de stationnement le plus près de la rue du parking de l'hôtel Schweizerhof. Les gens pouvaient toujours croire que la police zurichoise pose désormais des pièges à vitesse dans d'autres cantons.

Avant d'entrer dans l'hôtel, elle alluma une cigarette et admira le bâtiment, achevé en 1903, qui n'avait été que légèrement modifié depuis lors et qui était géré par la même famille depuis sa fondation, actuellement dans sa cinquième génération. Le célèbre réalisateur Daniel

Schmid avait grandi dans cette maison et avait inséré de nombreux souvenirs de sa jeunesse dans son film „Hors Saison", tourné à l'hôtel.

À la réception, deux jeunes femmes étaient assises devant leur ordinateur et une troisième étudiait une longue liste sur papier. Elle se retourna vers Laura et lui demanda: „Puis-je vous aider? Si vous cherchez une chambre, ce sera difficile. Nous sommes complets."

„Merci, j'ai bien peur d'être venu pour une autre raison. Je suis Laura Crameri de la police criminelle de Zurich … „

„Ah, enfin!" l'interrompit la réceptionniste. „Vous devez être ici à cause du terrible accident de M. Sutter. C'est atroce, il était si gentil. Que s'est-il passé? Pourquoi la police criminelle vient-elle de Zurich? Caflisch, notre policier, a appelé samedi soir et a dit que M. Sutter avait été tué dans un accident et que nous ne devrions pas le chercher. Nous n'avons pas eu de nouvelles depuis."

Laura ignora la faible accusation. „Je ne veux pas raconter l'histoire dix fois. Je vous prie de réunir le personnel de l'hôtel qui a eu à faire à M. Sutter pour que je puisse informer tout le monde en commun."

La réceptionniste demanda à Laura de s'asseoir dans le hall et disparut dans le bureau du directeur.

Laura regarda autour du salon décoré avec goût, qui apparemment avait été récemment restauré en douceur sans abîmer l'atmosphère digne du début du siècle dernier. Ses réflexions furent interrompues par le directeur de l'hôtel, qui l'accueillit amicalement tout en proposant: „Je préférerais que nous tenions la réunion dans la salle de lecture. Je ne veux pas que mes hôtes soient inquiétés. Il dirigea la commissaire à travers une porte vitrée marquée *Salle de Lecture* dans une spacieuse pièce séparée. La brocante en bois et la maison de poupée dans un coin indiquaient que la pièce servait également de salle de jeux pour les enfants.

Peu de temps après, cinq personnes étaient réunies autour de Laura, le directeur, le chef de service, une serveuse de la salle à manger et deux des trois réceptionnistes. L'une d'elles, qui n'avait jamais parlé avec Sutter, devait recevoir des hôtes et garder le téléphone, comme l'expliqua le directeur en s'excusant.

Laura largua la bombe: „Malheureusement, je dois vous informer que M. Sutter n'est pas mort à cause d'un accident, mais a été assassiné. Caflisch de la police locale n'était pas encore au courant quand il vous a téléphoné, et nous n'avons reçu les résultats de la médecine légale que ce matin. L'affaire a été confiée à Zurich, où M. Sutter habitait. Ce que je vous dis restera entre nous! Vous n'avez probablement pas envie de clouer un meurtre sur le mur de votre bel hôtel non plus.“ Un hochement de tête enthousiaste confirma cette supposition.

Une femme se précipita dans la pièce, hors souffle. „Désolé d'être en retard. J'étais à la maison quand le directeur m'a convoquée.“

Le directeur présenta la femme comme la bonne du premier étage. Laura lui demanda de s'asseoir et raconta à l'auditoire étourdi les circonstances tragiques de la mort de Sutter. „Je voudrais parler à chacun d'entre vous individuellement. Essayez de vous rafraîchir la mémoire en attendant votre tour.“

„Merci pour cette information, aussi terrible soit-elle", remarqua le directeur. „Malheureusement, ai juste accueilli M. Sutter à son arrivée, mais je ne lui ai plus parlé après. Je suis bien entendu à votre disposition pour toute question supplémentaire, mais j'ai beaucoup à faire et je voudrais prendre congé maintenant."

La commissaire approuva de la tête et, lorsque le directeur avait disparu, détermina l'ordre d'interrogation. La femme de chambre voulait être questionnée en première, car deux jeunes enfants l'attendaient à la maison. Aussitôt qu'elles étaient seules, Laura lui demanda sans détour: „Savez-vous, si M. Sutter a reçu une femme en visite dans sa chambre?"

„Comment le savoir?"

„Eh bien, si un seul client est logé dans une chambre et que les deux lits sont utilisés, cela indiquerait déjà qu'une deuxième personne pourrait y avoir dormi."

„Et si quelqu'un va en visite tard le soir, pourquoi aurait-il besoin d'un second lit?" La bonne lança un regard provocateur à Laura, et comme celle-ci ne répondait pas, elle poursuivit: „Quoi qu'il en soit, les clients individuels sont généralement logés dans une chambre avec Grand-Lit. De toute façon, ma collègue et moi nous faisons les lits, nettoyons la chambre et la salle de bains, et changeons les linges, et c'est tout. Je ne sais pas combien d'invités sont hébergés dans une chambre. Il y a des gens qui dorment à travers deux lits, et certains couples utilisent la même serviette de bain pour le bien de l'environnement. Je n'ai pas le temps de compter les brosses à dents." Et ce fut la fin de l'affaire pour elle. Elle le faisait comprendre en regardant l'horloge.

Laura fit une dernière tentative: „Peu d'invités boivent du champagne dans la chambre. Avez-vous remarqué une bouteille vide dans celle de M. Sutter?"

„Je ne sais même pas quelle pièce il a occupée."

„Eh bien, merci beaucoup, je ne vous retiens pas. Prenez soin de vos enfants!" Laura soupira. Cela commençait bien! Elle espérait que les autres employés sauront plus.

La serveuse de la salle à manger décrivit comment Sutter, assez typique pour un solitaire, observait les voisins pendant le dîner. Son attention était surtout portée sur une jeune africaine assise à la table voisine de la sienne avec M. Monnier, un homme d'âge assez malade. Elle ne savait pas comment Sutter était arrivé à accoster la jeune femme, mais peu après, tous les trois étaient assis à la même table. „M. Monnier semblait apprécier cet élargissement de son cercle. En tous cas, ils se sont bien amusés."

Ensuite, ce fut le tour de l'une des réceptionnistes. Malheureusement, elle ne savait signaler rien d'intéressant, bien que Laura ait eut l'impression qu'elle savait plus qu'elle n'en disait. Heureusement, sa collègue se montra plus franche. Elle s'extasia sur le charme et l'affabilité de Sutter et ajouta: „Pas étonnant que la jeune infirmière soit tombée amoureuse de lui."

Laura prit sa tablette pour faire des notes. „Pouvez-vous me donner son nom et son adresse?"

„Son prénom est Asali, j'en suis sûr mais je n'ai jamais entendu son nom de famille. Je dois vérifier la liste des hôtes. Si je ne me trompe pas, elle a un passeport suisse, mais elle vient certainement d'Afrique de l'Est, de ce coin d'où proviennent tant de mannequins. C'était son premier séjour chez nous. Jadis, M. Monnier et sa femme passaient régulièrement leurs vacances ici.

„Pourriez-vous me donner les coordonnées exactes de M. Monnier et de son infirmière après? Je dois leur parler. Je pense qu'ils sont les derniers à avoir parlé à Sutter.“

„Pas tout à fait“, répondit la réceptionniste „Le jour de la mort de Sutter, il a reçu la brève visite d'une jeune femme élégante avec des cheveux en platine. Elle est arrivée en voiture au moment où il a quitté la maison pour prendre un bus pour Fidaz. Je le sais parce qu'il m'avait demandé l'horaire.“ Elle se rendit compte d'avoir divergé et se reprit: „Elle a crié si fort devant l'entrée que j'ai entendu à travers la fenêtre fermée qu'il s'agissait de divorce. Après la dispute, elle est partie en flèche. Il est possible qu'elle soit déjà venue ici plus tôt, mais je ne peux pas vous le dire avec certitude. Notre bar est ouvert au public et souvent, des externes viennent visiter un de nos clients.“

Il était donc tout à fait possible que l'épouse enragée se soit faufilée dans la chambre de son mari et y ait déposé le spray empoisonné, ou qu'elle l'ait mis dans la poche de son mari pendant la dispute devant l'hôtel. Laura soupira. C'était difficile à prouver.

Le dernier témoin était le chef de service. Le grand homme lui demanda aimablement si elle désirait une autre boisson et lorsqu'elle refusa, il prit place en face d'elle.

„Avez-vous entendu la dispute entre les époux Brunner le matin avant son décès?“

„Je n'écoute jamais les invités dans les conversations privées.“

„La discrétion est appréciée, mais il s'agit d'une affaire de meurtre. J'attends des réponses claires: Est-ce-que M. Sutter a eu une dispute avec quelqu'un, reçu des visites, ou amené cette belle africaine dans sa chambre?

„Oui, oui, probablement." Lorsque Laura froissa le front, il s'empressa de préciser: „Querelle, oui, mais seulement avec sa femme, visite, oui, seulement de sa femme, et rapports sexuels avec sa nouvelle connaissance probables, mais je n'y ai pas assisté personnellement. Je peux seulement vous dire que M. Sutter, avant d'entrer dans l'ascenseur avec Mme Farah, m'a demandé à chaque fois d'apporter une bouteille de champagne dans sa chambre – avec deux verres."

Laura aurait aimé demander si le couple avait effectivement bu toute une bouteille de champagne, mais ceci ne la regardait pas. Elle avait encore une question: „Où sont les bagages de M. Sutter? Les avez-vous déjà envoyés à Zurich?"

„Pas encore. Nous avons juste emballé ses vêtements et mis les objets personnels en vrac dans une boîte à chaussures. Ce serait très aimable de votre part de tout amener à Zurich. Je présume que vous devrez passer chez Mme Sutter dans le cadre de votre enquête de toute façon."

Laura accepta volontiers de faire ce transport. Elle voulait de toute façon regarder de plus près les objets personnels de Sutter. Si elle avait de la chance, il y avait des lettres qui pouvaient faire la lumière sur des contacts récents ou sur des problèmes éventuels. Elle voulait également savoir combien de sprays M. Sutter avait emporté avec lui pour ses vacances. Cela aurait pu donner une indication de la fréquence à laquelle il les utilisait.

Puis soudain, quelque chose d'autre lui vint à l'esprit: „ M. Sutter est-il arrivé en voiture, et si oui, où est-elle garée?

„Sa voiture est toujours ici. Après avoir appris qu'il avait eu un accident, nous l'avons mise sur le parking inférieur pour avoir un peu plus de place devant la maison. Nous n'avons pas touché à ce qu'il y avait à l'intérieur. Si vous voulez emporter ces objets, nous devons aller les chercher. La clé de voiture était dans la chambre et je l'ai laissée à la réception. Quelqu'un doit amener la GT à Zurich." Le chef de service se rendit à la réception et revint en agitant la clé en l'air „Voilà, Madame est servie! Allons-nous jeter un coup d'œil?"

Comme Laura ne savait pas combien de matériel elle trouverait dans l'auto, elle prit sa voiture au parking du bas. La Toyota de Sutter était enneigée, mais le chef de service avait amené un balai et la neige poudreuse partait facilement.

Devant le siège du passager se trouvait une paire de chaussures de ski. „Comme M. Sutter n'allait pas skier le dernier jour, il a déjà déposé ses godasses dans la voiture", spécula le chef de service. „Les skis et les bâtons étaient loués. Nous les avons déjà rendus au magasin, et ils n'ont rien dit à propos des chaussures. Ils doivent être à lui."

„Est-ce qu'il a souvent skié?" Laura trouvait étrange qu'elle avait également passé une journée au Crap Son Gion ces jours là. Peut-être avait-elle pris la même cabine téléphérique avec Sutter, ou l'avait-elle dépassé en skiant – ou c'était lui qui l'avait dépassé.

„Oh oui, tous les jours. Seulement samedi il y a renoncé et est allé faire une promenade. Il devait partir dimanche."

Dans la poche latérale de la GT se trouvaient seulement une carte routière et un disque de stationnement. La boîte à gants, par contre, était plus intéressante. Il y avait un paquet intact, contenant deux sprays. Leur date de péremption était dépassée. Sutter n'avait probablement subi que de rares attaques. Laura mit le paquet dans la boîte avec les autres affaires. Elle ferait tester les sprays. Il n'y avait rien d'autre d'intéressant dans la voiture.

Elle rendit les clés de la GT au chef de service en lui promettant que la voiture serait récupérée dans les prochains jours. Elle partit assez déçue. À part la visite spectaculaire de Mme Sutter, elle n'avait rien entendu qui puisse être lié au meurtre.

Elle regarda sa montre. Elle aurait eu tout le temps de rentrer directement à Zurich, mais ses parents l'attendaient et auraient été très déçus si elle n'avait pas passé la nuit chez eux. À Coire, elle se rendit rapidement à la vieille ville et se procura un approvisionnement en Andutgel et Salsiz de cerf, ses saucisses sèches préférées, ainsi qu'un joli morceau de viande des Grisons pour son collègue Beck, avec lequel elle voulait faire la paix pour de bon.

Laura passa une soirée agréable avec ses parents. Le lendemain, elle se leva tôt et se rendit à Zurich où elle informa Mme Hofmann de ce qu'elle avait appris. Ensuite elle alla chercher la viande séchée de son bureau et frappa à la porte de Beck.

Son collègue était étonné, mais visiblement ravi de sa visite. „Mme Crameri, c'est une agréable surprise. Entrez, s'il vous plaît!"

„Je voulais vous remercier de m'avoir cédé le cas Sutter – et de ne pas avoir trop ressenti ma réaction excessive de l'autre jour."

„C'est moi qui dois m'excuser! Quand je vois une femme aussi attirante, je perds parfois la tête." Il leva les mains. „Voilà que je recommence – cela ne se reproduira plus jamais!"

Laura mit son cadeau sur le bureau. „Juste une petite compensation, avec un avertissement bien intentionné: si vous ne coupez pas la viande assez finement, elle est presque aussi dure à mâcher que moi."

„J'apprécie votre geste, mais cela n'aurait pas été nécessaire. J'ai oublié notre petit argument et j'espère que vous l'avez classé vous aussi." Beck pesa la viande séchée dans sa main et hocha la tête de façon approbatrice.

Il invita Laura à prendre place et informa sa collègue sur le cas qui lui avait été confié entretemps: „Après une défaite des ZSC Lyons, des jeunes idiots ont battu un pauvre type presque à mort. C'est un fait rare chez les fans de hockey – c'était peut-être des hooligans de foot qui essayaient d'animer les vacances d'hiver. La victime n'est pas encore consciente et ne peut être interrogée. J'essaie maintenant d'identifier les auteurs possibles de cette agression en utilisant les vidéos de surveillance de la zone entourant le lieu du crime. Le soir, je traîne pendant des heures dans le bar où la victime était un client habituel et j'essaie d'entendre quelque chose qui pourrait m'aider. De plus, je vais régulièrement aux matchs de hockey et je me mets dans la courbe des supporters avec une écharpe bleue et blanche au cou. Je la porte uniquement pour ne pas attirer l'attention.“

„Alors c'est une bonne chose que cette affaire n'ait pas été confiée à moi.“,

„Au contraire, envers des femmes comme vous, les fans seraient plus tentés de se vanter de leurs exploits — et voilà que ça recommence. Comme punition je vais chercher du café.“

De retour à son bureau, Laura se mit à examiner les effets personnels de Sutter qu'elle avait amenés de l'hôtel. C'était urgent, car elle devait les remettre bientôt à la veuve. Parmi les objets qui avaient été ramassés dans la chambre d'hôtel, il y avait un paquet double de vaporisateurs contre l'asthme. Il y restait seulement un tube, certainement la contrepartie du spray fatal. Cela signifiait que Sutter avait ouvert le paquet dans sa chambre et empoché l'un des sprays. Comme seulement un inhalateur avait été trouvé près de son corps, cela rendait improbable que Mme Sutter avait laissé glisser le spray mortel dans la poche du mari pendant leur dispute devant l'hôtel. Laura ferait analyser le tube non utilisé et ceux de l'emballage encore intact, mais périmé, qu'elle avait trouvé dans la voiture pour voir s'ils avaient aussi été manipulés.

En feuilletant l'agenda de Sutter, Laura remarqua que les rencontres inscrites avaient déjà eu lieu avant Noël. Pour la période actuelle, un seul nom était noté: Bernauer. Dans telsearch, Laura trouva un avocat portant ce nom. Ce devait être le juriste de Sutter.

Dans l'agenda, elle trouva une feuille de papier de lettres de l'hôtel Schweizerhof sur laquelle Asali Farah avait inscrit en écriture fine et ronde son nom, décoré de deux cœurs, ainsi que ses adresses à Bienne et à Zurich avec les numéros d'appel. Laura soupira. Peut-être la pauvre femme ne savait même pas encore que ce qui était arrivé à son ami. Les journaux avaient seulement rapporté la mort accidentelle d'un entrepreneur zurichois, sans mentionner son nom. Demain serait peut-être divulgué qu'il s'agissait d'un meurtre, et le nom de la victime serait probablement mentionné. Sa petite amie devait être informée à l'avance. Elle choisit le numéro du portable d'Asali Farah avec le cœur lourd.

„C'est toi, Fred? Enfin!"

Laura dût dissiper le malentendu le plus doucement possible et Evita de se présenter comme commissaire de police. „Laura Crameri. Mme Farah, il s'agit de M. Sutter. Je dois vous voir d'urgence."

„Où est Fred? Il m'a appelé tous les jours, mais depuis samedi je n'ai plus eu de nouvelles de lui et il ne répond pas à mes appels."

„C'est la raison pour laquelle je vous contacte. Je veux vous parler en personne. Où puis-je vous rencontrer?"

„A l'hôpital cantonal, mais je suis occupée pendant encore deux heures. En tant qu'assistante, je ne peux pas choisir mon horaire, mais à onze heures et demie, je

pourrais vous rencontrer à la cafétéria au rez-de-chaus-
sée du Nord 2."

„Bien, je serai là." Il semblait superflu de demander à
Asali comment elle pourra la reconnaître. Les modèles
africains en blouse blanche étaient probablement rares
à Zurich.

~

La conversation fut dramatique. Après l'appel de
Laura, Asali avait imaginé toutes sortes de scénarios,
mais la réalité dépassait ses pires craintes. Après avoir
appris la terrible vérité, elle se mit à sangloter sans rete-
nue. Beaucoup de patients et visiteurs présents dans la
cafétéria se tordirent le cou et regardèrent avec une curiosité impertinente. Laura aurait aimé les réprimander,
mais elle prit la femme en pleurs par le bras et la conduisit sur la grande terrasse devant le bâtiment.

Asali regardait dans le vide et avait besoin de beaucoup de temps pour se reprendre. „Je croyais avoir
trouvé l'amour de ma vie, même si nous n'avions passé
qu'une semaine ensemble. Nous nous sommes tellement bien entendus. Je ne sais pas comment je vais vivre
sans lui." Elle dût sentir qu'elle en avait trop dit et cessa
de parler. Enfin elle prit Laura par le bras. „Avez-vous
une idée de qui aurait pu assassiner Fred aussi brutale-
ment?"

„Je suis encore au tout début de mon enquête. Peut-
être que vous pouvez m'aider à trouver qui l'a fait. Votre
ami, vous a-t-il parlé de préoccupations personnelles ou
professionnelles ou d'ennemis?"

„Hormis les récentes difficultés financières de son
entreprise, Fred n'a rien mentionné de tel. Vous pourriez être intéressé par une chose assez étrange: La veille

de notre départ, il nous a demandé, à M. Monnier et à moi, de témoigner qu'il avait rédigé ce testament dans un état de fraîcheur mentale totale. Il ne nous a pas informés du contenu. Nous lui avons demandé pourquoi il rédigeait un testament à son âge et encore pendant les vacances. Il a dit à la légère qu'il venait de signer la proposition de son avocat pour un arrangement pour sa femme en vue du divorce imminent et qu'elle était capable de tout." Asali sursauta. „J'ai presque oublié qu'il y a le rapport avec le chef à midi et demi. Je dois me dépêcher."

„Vous pouvez encore travailler maintenant?"

„Je dois … „ Asali fit un geste d'adieu et s'éloigna.

Dans la voiture, Laura se mit à fouiller une nouvelle fois les effets personnels de Sutter. Le testament était extrêmement important et ne devait en aucun cas tomber entre les mains de la veuve. Elle plaça les objets un par un sur le siège passager et feuilleta les trois journaux scientifiques que Sutter avait emportés en vacances, mais ne trouva aucune dernière volonté. Elle fouilla à nouveau soigneusement les poches des vêtements, mais ne trouva qu'un abonnement aux télésièges dans la poche de l'anorak. Peut-être que Sutter avait envoyé son testament à son avocat.

Elle appela tout de suite Bernauer. L'avocat confirma qu'il venait de recevoir une lettre recommandée de son client avec une proposition signée de compensation financière pour sa femme en cas de divorce. A cette lettre, Sutter avait joint son testament, dans lequel il laissait à sa femme la part qui lui revenait de droit et prenait diverses autres dispositions, que l'avocat ne voulait pas partager avec Laura. „En tout cas, je dois augmenter mon assurance vie avant d'informer la veuve du contenu", ajouta-t-il en se moquant.

Laura réalisa que la femme de Sutter aurait eu un fort motif pour tuer son mari si elle soupçonnait qu'il avait l'intention de la déshériter à grande échelle.

~

À côté de l'entrée de la société KOKI, Laura trouva une sonnette et l'actionna. Une voix féminine lui demanda ce qu'elle voulait. „Crameri, inspectrice des enquêtes criminelles." Un bourdonnement annonça que la porte était ouverte.

Dans le couloir, elle fut accueillie par une femme d'une quarantaine d'années, bien soignée, dont le maquillage discret avait beaucoup souffert. Elle essuya les larmes de ses yeux et rendit les choses encore pires.

„Je suis Elsa Widmer, la secrétaire. Veuillez excuser mon état. Mme Sutter vient de nous rendre visite et nous a informés que son mari avait eu un accident. Je suis complètement confuse." Elle passa ses doigts par ses cheveux et gâcha ainsi sa coiffure. „Mme Sutter n'a pas perdu un mot sur la façon dont son mari est mort si soudainement, mais elle a annoncé triomphante qu'elle allait fermer cet endroit pourri dès que possible."

Mme Widmer leva les mains en s'excusant. „Mais entrez, je vous en prie! Nous sommes tous assis dans le bureau et essayons de digérer la terrible nouvelle de la mort de M. Sutter. Tout le monde veut savoir ce qui lui est arrivé."

Laura était étonnée que le personnel du laboratoire ne soit composé que de trois personnes. Mme Widmer lui présenta Céline Durand et Yuri Bobrow qui, comme la secrétaire, étaient visiblement secoués par la mort de leur patron.

Avant que Laura ne puisse dire quoi que ce soit, Céline Durand prit la parole. „Il ne sera pas facile de continuer sans Fred. Il était un vrai scientifique. Toutefois, l'entreprise ne risque pas de fermer pour autant. M. Sutter et moi sommes récemment devenus des partenaires égaux. En cas de décès, les parts et les droits de participation aux bénéfices reviennent au partenaire survivant." La scientifique se tourna vers la commissaire avec un sourire ironique. „La partenaire, c'est moi. Vous pouvez donc me mettre en tête de la liste des suspects. Au moins, je soupçonne que la mort de Fred est un crime, sinon la brigade criminelle ne viendrait pas nous rendre visite."

Laura hocha la tête. „C'est clairement un meurtre." Elle décrivit les circonstances de la mort de Sutter. Ensuite, il régnait un long silence jusqu'à ce que le secrétaire s'exclame furieusement: „Je croyais avoir vu tous les aspects négatifs de cette maudite recherche. Tricherie, mensonge, faux – tout, sauf un meurtre!"

„Pourriez-vous me dire avec qui M. Sutter a eu des relations d'affaires et avec qui votre start-up collabore actuellement ou est en concurrence?"

„Ça va prendre du temps", s'interposa Céline. „Yuri et moi, nous avons commencé une expérience longue et critique avant que Mme Sutter n'apparaisse. Si nous ne continuons pas immédiatement, nous pouvons jeter le matériel coûteux. Si cela ne vous dérange pas, nous pourrions parler demain – de préférence après 18 heures quand nous devrions avoir fini."

Laura donna son accord, s'assit à côté de Mme Widmer et disposa sa tablette pour prendre des notes sur les explications de la secrétaire, qui devait connaître l'entreprise à fond. La secrétaire décrivit l'histoire de la 'KOKI', les difficultés financières, les injections d'argent de Sutter dans son entreprise, la vente d'un droit de brevet à un ami qui dirigeait la 'Raremed' à Bâle, la tentative de chantage d'un certain Dr Ward, qui n'avait pas encore été réglée, et enfin, l'intervention salvatrice de l'investisseur Jaccard, qui avait insisté pour faire de Céline une partenaire à part entière, probablement parce qu'elle était la cousine de sa petite amie.

„En dehors de Ward, je ne vois personne d'autre qui aurait voulu nous nuire, et cet escroc n'a pas plus de chance d'obtenir de l'argent de la 'KOKI' parce que Céline est maintenant à la barre – au contraire. Elle est plus intransigeante que le généreux M. Sutter.“ Mme Widmer réfléchit brièvement et ajouta avec hésitation: „Le patron a donné du matériel à un groupe de recherche de l'université au Irchel campus. Si vous êtes intéressée, demandez à Céline. Elle est au courant.“

„Que pensez-vous de la remarque de Mme Durand d'être en tête de liste des suspects?“

„Pure absurdité. Céline aime faire des blagues farfelues, mais c'est une scientifique acharnée qui ne s'intéresse qu'à ses recherches. Bien sûr, elle soutient pleinement l'entreprise, surtout parce qu'elle peut travailler ici indépendamment, mais elle ne s'intéresse à l'argent que pour acheter du matériel de recherche. Et elle s'est très bien entendue avec Sutter. Jamais un mauvais mot.“

„Pas de murmure d'amour?“

Mme Widmer raidit. „Je n'aime pas parler de choses qui ne me concernent pas.“

„Cette fois, vous devriez faire une exception. Les raisons personnelles sont plus souvent un motif de meurtre que les affaires – sauf peut-être dans la mafia.

„M. Sutter et Céline avaient une relation ouverte et amicale, rien de plus. Je l'aurais remarqué. En parlant des chercheurs, Yuri Bobrow vient d'être promu par Sutter et le petit castor, comme nous l'appelons parfois malgré son physique puissant, est un type aimable. Le nouvel animalier vient de commencer son travail aujourd'hui et ne devrait pas vous intéresser.“ La secrétaire hésita avant d'ajouter: „Qui aurait pu avoir une raison de se venger de Sutter est Otto Egli, un chercheur que le patron a récemment licencié sans préavis pour avoir falsifié les résultats d'une importante expérience.“ Mme Widmer regarda Laura d'un air suppliant. „J'espère que ça peut rester entre nous.“

„Promis, sauf si M. Egli est accusé de meurtre, et nous sommes loin de ce point. De toute façon, il semble que la ‘KOKI’ n'ait pas l'intention d'utiliser ces résultats faux. Sinon, Sutter n'aurait pas mis le tricheur à la rue. La réputation de l'entreprise ne souffrirait donc pas, même si le faux était connu.“

„Je déteste dire du mal des gens, mais vous devriez garder un œil sur la veuve du chef“, osa dire Mme Widmer. „Cet oiseau de nuit n'a marié Sutter que pour son héritage et est devenue folle lorsqu'il a injecté des capitaux privés dans l'entreprise. Par dépit, elle a dépensé encore plus d'argent que d'habitude, et lui a annulé sa carte de crédit. Maintenant, elle veut divorcer. Aujourd'hui, quand elle a annoncé d'une manière hautaine que la société lui appartenait désormais et qu'elle allait vendre cette boîte pourrie au plus vite, j'ai failli m'évanouir. Dieu merci, Céline en savait mieux.“

Il semblait que Mme Widmer n'avait plus grand-chose à dire. Laura pouvait obtenir de plus amples détails auprès des scientifiques qu'elle devait rencontrer le lendemain. Elle se leva et voulut dire au revoir, mais se rendit soudainement compte qu'elle aurait presque oublié la question la plus importante: „Savez-vous me dire, où M. Sutter a acheté son spray contre l'asthme et à quelle fréquence il en avait besoin?“

„J'ai fait la plupart des commandes pour lui. Il en avait rarement besoin. Pendant la saison froide, il avait peu de problèmes. Ainsi, il n'a même pas eu besoin de la réserve achetée en septembre. Heureusement, la veille de son départ, j'ai pensé à lui demander s'il avait besoin d'un nouveau paquet.“

„Quel jour exactement et chez quelle pharmacie?“

„Le 22 décembre, M. Sutter s'est rendu à Flims pour deux semaines. La veille, je lui ai demandé s'il avait suffisamment de spray en stock et il m'a répondu que la date du dernier paquet était dépassée. J'ai immédiatement appelé la 'Paracelsus', où est déposée l'ordonnance du médecin. Ils n'avaient pas le médicament en stock, mais voulaient essayer de le trouver ailleurs. C'était déjà trois heures et trop tard pour une livraison ordinaire le même jour. J'avais peur que cela ne fonctionne pas parce que le médicament est arrivé juste avant sept heures, bien plus tard que d'habitude.“

„Pouvez-vous décrire la personne qui a fait la livraison?“

„C'était un jeune homme – sans aucun signe distinctif, comme vous diriez. Avec sa casquette, son col retourné et son écharpe sur le menton, je pouvais à peine voir son visage."

„Merci beaucoup pour votre aide, Mme Widmer. Si j'ai d'autres questions, je vous appellerai ou repasserai."

Le prochain point urgent sur le programme était d'arranger un entretien avec la veuve de Sutter, bien qu'elle soit probablement occupée par les formalités liées au décès de son mari, l'organisation des funérailles – et le déblocage de sa carte de crédit. Mme Sutter était à la maison et accorda à Laura une audience pour le lendemain à trois heures – de l'après-midi, bien sûr.

À trois heures, Laura arriva à la villa au Zürichberg et la regarda. C'était une maison accueillante, bien qu'elle eût besoin d'être rénovée. Laura sonna et fut immédiatement admise. D'un geste désinvolte, Mme Sutter lui intima de déposer les vêtements de son mari et la boîte avec ses effets personnels sur le sol dans le couloir. Elle salua Laura amicalement, comme si elle était une bonne amie et non une commissaire de police, et l'invita dans le salon de thé. À la surprise de Laura, il y avait une jolie femme aux cheveux noirs qui, comme la maîtresse de maison, devait avoir trente ans à peine.

„Voici mon amie Gina, un modèle bien connu", présenta Evita son amie. „Je n'ai aucun secret pour elle et nous pouvons parler ouvertement."

Laura expliqua aux deux femmes, sans tourner autour du pot, les circonstances tragiques dans lesquelles Sutter était mort et qu'il s'agissait clairement d'un meurtre. Elle avait préalablement demandé à son collègue de Coire, dans quelle mesure il avait informé la veuve, et Bundi avait avoué qu'il lui avait seulement dit que son mari était mort dans un accident. Comme les circonstances exactes du décès étaient donc nouvelles pour Mme Sutter – si ce n'était pas elle qui avait commis le crime – Laura observa attentivement comment elle allait réagir.

Evita semblait vraiment horrifiée par ce qu'elle apprenait et ne s'inquiétait pas particulièrement du fait qu'une enquête criminelle ait été ouverte. La seule chose que Laura frappa dans sa réaction était l'absence évidente de chagrin, comme si elle n'avait connu la victime que fugitivement. Gina, en revanche, semblait non seulement angoissée, mais aussi véritablement attristée. Peut-être était-elle proche de Sutter et connaissait ses relations personnelles. Laura se proposa de lui parler, mais pas en présence de la veuve.

La commissaire se tourna vers Mme Sutter qui, entre-temps, lui avait servi du thé et lui avait glissé une assiette de pâtisseries coûteuses. „J'ai quelques questions concernant l'inhalateur pour l'asthme qui a tué votre mari. Il a été livré à Mme Widmer le 21 décembre, vers sept heures du soir. Elle l'a donné à votre mari avant qu'il ne rentre chez lui. Est-il possible que quelqu'un ait trafiqué le tube ici dans la maison?"

Evita renifla par le nez. „Auriez-vous l'intention de me rendre responsable du meurtre? Nous étions seuls ici, et mon mari faisait ses valises pour les vacances. J'aurais eu tout le temps d'aller en ville, d'acheter du spray au poivre et de l'insérer dans son inhalateur. Vous devez seulement m'expliquer comment faire."

Laura doutait que Mme Sutter ait été capable de cette procédure. „Avez-vous eu des visiteurs ce soir-là?

„Eh bien, maintenant que vous me le demandez, un inspecteur Lewis et son sergent Hathaway d'Oxford m'ont fait l'honneur, mais seulement à la télévision."

Laura eut du mal à rester calme, mais elle admit: „Peut-être, la manipulation a été faite plus tôt et l'auteur a échangé les paquets à la livraison. Avez-vous une idée de qui aurait pu avoir intérêt à tuer votre mari?"

„À part quelques dizaines d'amantes déçus, personne ne me vient à l'esprit", remarqua Evita avec suffisance."

Laura n'osa pas demander si Evita pouvait lui dresser une liste des conquêtes de son mari, si possible avec les noms de leurs amis. Elle prit une gorgée de thé et se tût. Cela paya dans la mesure où Evita commença à parler à son amie Gina de son défunt mari, comme si Laura n'était pas présente. Elle fit remarquer de façon désobligeante que c'était en fait un miracle que Fred n'ait pas été tué par une amante déçue ou plus probablement par un mari cocu plus tôt. „Fred a été un charmeur rusé et après un court intermezzo, il a honteusement largué ses copines.“

Gina n'était pas d'accord avec cette diffamation et le dit clairement: „Evita, tu es injuste. Fred était un homme sensible. En ce qui concerne le flirt, tout le monde dans notre cercle de fous était aussi libertin que lui. Tu as été particulièrement active et pas très gracieuse avec tes admirateurs une fois que tu avais passé une ou deux nuits avec.“ Gina hésita un peu avant d'ajouter: „Et il y a un peu plus d'un an, tu as trouvé Fred assez attrayant pour l'épouser. Après tout, c'est toi qui l'as épousé, pas lui toi.“

Evita fit la moue et n'était pas prête à accepter ce blâme, mais sa défense était plutôt maladroite: „Alors, je croyais encore qu'il était un homme d'affaires aisé, et non un rêveur qui met sa fortune dans son passe-temps idiot et espère faire des bénéfices dans vingt ans.“ Elle tira les coins de sa bouche vers le bas. „J'ai dit à Mme Widmer aujourd'hui que j'allais fermer cet endroit le plus vite possible. Sur le chemin du retour, je me suis arrêté chez l'avocat Bernauer pour que cela soit mis en œuvre immédiatement. Tu ne croiras pas ce qu'il m'a dit.“ Sa voix devint incisive. „Fred a conclu un contrat avant Noël, selon lequel tous les capitaux qu'il a mis dans la société seraient laissés dans ses actifs. Cette scientifique arrogante qui est récemment devenue partenaire reçoit sa part maintenant qu'il est mort! Je suis sûr qu'il n'a fait cela que pour réduire le montant qu'il me devait lors du divorce. Ce n'est pas juste. Nous avons quand-même passé de bons moments ensemble.“

Laura nota que, apparemment, Bernauer n'avait pas encore informée la veuve du testament que Sutter avait rédigé pendant ses vacances, mais quelque chose d'autre l'occupait. C'était la manière de laquelle Evita pouvait soudainement se transformer d'une femme gracieuse et charmante en une mégère calculatrice et froide. Dans cet état, elle serait probablement capable de se débarrasser de quelqu'un si cela était à son avantage.

Apparemment, Evita avait supposé jusqu'à aujourd'hui qu'elle hériterait de la société et du capital investi dans celle-ci au décès de son mari. C'était un motif valable pour un crime, et le testament qui la désavantageait était un motif encore plus fort − si elle était au courant de son existence. Laura ne pouvait tout simplement pas imaginer qu'Evita aurait été techniquement capable d'insérer quoi que ce soit dans un tube sous pression.

Gina se leva. „Désolé pour toi, Evita, mais après tout, tu hérites de cette belle villa ici et du beau reste de la fortune de Fred. Ce n'est pas si mal pour deux ans de mariage.“ C'était un peu trop clair. Evita remplit les poumons, mais avant de pouvoir commencer sa réplique, Gina dit au revoir: „Je dois partir. J'ai un défilé de mode ce soir. Je t'ai réservé une place au premier rang.“

La perspective d'un défilé de mode apaisa Evita immédiatement. „Je viens volontiers, cela me fera du bien!" Les deux amies se faisaient la bise.

Laura profita de l'occasion pour dire au revoir elle aussi. Elle ne pensait pas qu'il y ait eu d'informations utiles à tirer de Mme Sutter. En partant, elle ressentit un grand désir de révéler à la veuve la nouvelle du testament de son mari, mais elle n'avait pas le droit à le faire. D'autre part, elle décida de ne pas manquer le moment émouvant de la lecture du testament. Elle pouvait offrir à Bernauer une protection policière personnelle lors de la lecture.

~

Devant la porte, Laura essaya d'engager Gina dans une conversation. Apparemment, le mannequin connaissait Sutter aussi bien, si pas mieux que sa femme. Malheureusement, Gina n'avait pas le temps, car elle devait se préparer pour le défilé de mode. Comme la troupe partait ensuite pour une tournée européenne de deux semaines, elle suggéra que Laura la reconduise chez elle. Ainsi, elles pourraient parler en chemin, si la conversation était vraiment si urgente.

À peine parties, Gina commença à défendre Evita. De toute évidence, elle avait le sentiment que Laura avait eu une mauvaise impression de son amie: „Evita est un peu égocentrique et parfois dure, c'est vrai, mais en un rien de temps, elle peut être aimable, divertissante et très généreuse envers les autres.

Comme elles étaient déjà arrivées dans la Rämistrasse, Laura préféra changer de sujet. „Pouvez-vous me dire si M. Sutter avait des ennemis dans son cercle privé?"

„Pas que je sache. Il était gentil et toujours amical. Je ne connais aucune femme qui aurait été déçue par lui. De toute manière, personne dans notre entourage ne cherchait une relation sérieuse et encore moins durable.“

„J'ai de la peine à croire ça. Vous finissez parfois par tomber amoureux.“

„Bien sûr, mais tomber amoureux ne signifie pas que vous devez rester ensemble jusqu'à ce que vous vous lassiez l'un de l'autre.“ Gina pencha la tête et réfléchit, puis elle concéda: „Une fois, Fred est tombé sérieusement amoureux. À son retour d'Angleterre, il a rencontré une étudiante dans un bar et ne s'est plus fait voir chez nous pendant des semaines. Je ne sais pas combien de temps la relation a duré. Quoi qu'il en soit, quelques mois plus tard, Fred a épousé Evita, ou plutôt elle l'a épousé, mais vous avez déjà entendu cette partie de l'histoire.“

„Connaissez-vous personnellement cette étudiante? J'aimerais lui parler.“

„Je n'ai bu qu'une fois un verre de champagne avec elle au bar du Central. C'est là qu'elle et Fred se sont rencontrés pour la première fois. Ironiquement, il m'a laissé tomber pour elle à cette occasion – et elle a planté son compagnon.“ Gina rit de bon cœur et ajouta: „Je n'ai entendu que son prénom, mais je ne m'en souviens plus – un nom nordique. Elle était timide, fine et fragile, une belle biche qui a immédiatement éveillé les instincts protecteurs de Fred.“

La possibilité de retrouver l'ancienne amie de Sutter sur la base de cette description était nulle. „Savez-vous ce qu'elle étudiait?“ Gina secoua la tête, mais Laura insista: „Je vous donne ma carte. Peut-être vous vous souviendrez du nom ou autre chose qui pourrait m'aider. Vous pouvez toujours me joindre sur mon portable. Puis-je vous appeler si j'ai des questions spécifiques? J'aurais alors besoin de votre numéro de téléphone.“

Gina lui donna sa carte de visite en remarquant: „Je suis sûre que cette fille n'a pas commis de meurtre, mais peut-être elle sait quelque chose qui pourrait vous être utile. Si je me souviens de son nom ou autre détail, je vous contacterai. Je veux que l'assassin soit puni – après tout, j'étais amoureuse de Fred – stop!“, cria-t-elle soudainement. „Je descends ici. J'habite dans cette rue latérale. Merci de m'avoir ramené et bonne chance.“

„Bonne tournée!“ Laura regarda le modèle traverser la rue en se pavanant comme si elle présentait une nouvelle robe de Versace sur le podium. Son point de vue franc sur les relations lâches et les changements fréquents de partenaire ne suggérait pas qu'elle ait tué Sutter par jalousie. Il restait à voir s'il l'avait favorisée dans son testament et comment elle aurait pu le savoir.

Laura s'en voulait de ses réflexions. Elle appréciait cette femme et détestait penser du mal de tout le monde, même si c'était pour des raisons professionnelles. Mécontente, elle appuya sur l'accélérateur, fit demi-tour à travers la route avec des pneus qui crissaient et faillit entrer en collision avec un tramway. Furieux, le conducteur la poursuivit avec des coups de cloche d'avertissement jusqu'à ce qu'il doive s'arrêter à l'arrêt Rietberg et la perdit de vue. Avec la voiture de patrouille, elle ne risquait au moins pas de prendre une amende.

15 Activiste fanatique

Il faisait déjà nuit lorsque Laura entra dans l'allée où se trouvait la 'KOKI'. Les laboratoires étaient éclairés. Laura s'arrêta d'un coup. Devant les fenêtres, l'ombre d'un homme surgit, leva la main et s'apprêta à lancer quelque chose. Laura n'eut pas la chance d'intervenir à temps. Le projectile éclata sur la fenêtre, une puissante boule de feu se répandit, s'effondra et s'écoula le long du mur au sol de la cour. Laura se pressa contre le mur et attendait le malfaiteur qui dût s'enfuir en passant près d'elle. Probablement encore aveuglé par la lueur du feu, il ne pouvait pas voir l'inspectrice l'attendant dans la pénombre. Laura le fit trébucher. Il tomba au sol et se cogna lourdement la tête. Elle en profita pour lui mettre les menottes. Quand il reprit lentement conscience, il essaya de se relever, mais n'y arrivait pas avec ses mains attachées dans le dos et le pied de Laura s'appuyant sur ses fesses.

Soudain, Yuri Bobrow apparût, prit le coupable au collet et le mit debout comme une poupée de paille. „Tu aurais pu nous tuer, salopard! Dieu merci, tu n'as frappé qu'un cadre de fenêtre. Les portes et la façade maculées, l'acide versé sur nos voitures t'ont-ils pas suffi? Maintenant un engin incendiaire – que tu nous réserves encore?"

Entre-temps, Céline les avait rejoints et proposa: „Allons à l'intérieur, il y a peut-être toute une horde de militants qui nous guettent là dehors."

„Ces fanatiques n'oseront quand même pas s'attaquer à une inspectrice de police", la rassura Laura. „Mais vous avez raison. A l'intérieur, nous pouvons vérifier l'identité de ce type plus calmement. Ensuite, j'appellerai une patrouille qui l'amènera au poste.“

Céline et Laura firent d'abord un tour au laboratoire pour s'assurer qu'il n'y avait pas de dégâts à l'intérieur. La fenêtre était restée intacte et avait préservé les chercheurs de possibles brûlures graves. Céline prit la trousse de premier secours, désinfecta le front raclé de l'agresseur et lui colla un sparadrap. Entretemps, Laura avait fouillé ses poches et trouvé sa carte d'identité. Alex Gerber avait vingt-huit ans et vivait au Seefeld.

Laura lui expliqua formellement pourquoi elle l'avait arrêté: „Vous devrez répondre des dommages aux biens et de la mise en danger de la vie. Il appartient au procureur de décider si vous avez agi de manière intentionnelle ou négligente. Vous êtes également soupçonné d'avoir assassiné le chef de ce laboratoire, Fred Sutter. Je n'ai pas encore de preuve qui vous désignerait comme l'auteur, mais votre attaque d'aujourd'hui montre que vous avez une forte haine des scientifiques et que vous mettez leur vie en danger sans hésitation.“

Le visage de Gerber devint cendré. „Je ne savais pas que le patron de cet établissement avait été assassiné! Sinon j'aurais laissé tranquille cette boîte maléfique. Je me bats pour une cause honorable! Je suis psychologue scolaire. Si je suis puni pour mise en danger de la vie et que je suis même impliqué dans une affaire de meurtre, je peux oublier ma profession. Je suis toujours en probation et j'ai eu de la chance qu'ils ne m'aient pas renvoyé de l'école pour vol de chat présumé.“

„Protection des animaux et vol de chats, ça va mal ensemble“, se moqua Céline.

„Je n'ai pas volé un chat. Il m'est venu parce que la propriétaire n'en prenait pas soin. Alors, je l'ai nourri parfois, caressé et mis un peu de valériane sur son oreiller. Pour finir, il est resté avec moi.“

„Et la propriétaire a appelé la police? Il n'y a rien de tel“, s'indigna Céline montrant qu'elle acceptait mal toute ingérence de l'état dans les affaires privées.

„La propriétaire du chat m'a menacé avec la police. Deux jours plus tard, ces idiots ... “ Gerber avala et essaya de se corriger: „ ... euh, les policiers de la ville se sont renseignés auprès mon école sur ma conduite.“

Laura trouvait absurde de discuter de querelles de voisinage avec une personne détenue, mais remarqua tout de même: „La police a mieux à faire que de s'occuper de chats. La voisine a probablement appelé elle-même l'école et prétendu que l'appel venait de la police pour vous faire du mal.“

Gerber semblait envisager cette possibilité, et son regard sinistre faisait craindre à Laura qu'il ne lance son prochain cocktail Molotov dans la fenêtre de la voisine – bien sûr seulement si le chat n'était pas en visite chez elle.

Après un long silence, Gerber tenta encore d'apaiser Laura: „Arrêtez la patrouille, s'il vous plaît! Vous ne voulez quand même pas détruire ma vie entière à cause de mon engagement en faveur du bien-être des animaux.“

„Il serait sans doute mieux pour notre jeunesse que vous ne soyez pas psychologue scolaire“, remarqua sèchement Céline. „Vous ressemblez à un hooligan de football qui détruit des trains, met le feu à des voitures, bat des gens et qui fait valoir ensuite qu'en tant qu'avocat en herbe, il ne pouvait pas se permettre d'être harcelé par la police, cela porterait atteinte à sa réputation.“

Gerber insista: „Je paierai pour les dommages causés, mais laissez-moi partir“ Lorsque personne ne répondit, il devint furieux. „Vous êtes tous des meurtriers qui torturent des animaux pour votre plaisir. Il est du devoir de toute personne décente de vous arrêter.“

„Si vous voulez sauver autant de souris que nous utilisons pour les expériences en un an“, objecta Céline, „vous pourriez aussi bien tuer une buse ou un chat. En tout cas, il y a des choses plus sensées à faire que d'attaquer les chercheurs avec un cocktail Molotov. Il serait plus intelligent de vous battre pour la préservation des biotopes – ou de récupérer du plastique de la Limmat. Je soutiens volontiers une protection raisonnable de l'environnement et des animaux.“

Gerber ne savait quoi dire, et Céline poursuivit: „Vous pourriez aussi essayer d'amener les autorités à appliquer les règles de protection des animaux aussi rigoureusement aux agriculteurs et aux éleveurs privés qu'elles le font pour la recherche biologique dans les universités et les laboratoires industriels. Vous n'avez pas idée de la minutie avec laquelle tout est vérifié. Les animaux de laboratoire sont mieux protégés que les humains.

Céline était sur la bonne voie et essaya de faire comprendre à Gerber que si les animaux de laboratoire étaient utilisés dans la recherche pour des expériences qui pouvaient parfois sembler cruelles, dans la plupart des cas il s'agissait d'interventions légères, et que les chercheurs respectaient les animaux et ne faisaient que ce qui était absolument nécessaire. L'objection de

Gerber selon laquelle aucune expérience sur les animaux n'était nécessaire, que tout pouvait tout aussi bien être étudié en cultures cellulaires, provoqua une explication détaillée de Céline selon laquelle les cultures étaient certes utiles pour les expériences préliminaires, mais ne reflétaient malheureusement pas le comportement d'un organe dans un corps intact.

Le sermon de Céline ne semblait pas convaincre Gerber. Avec un air hautain, il lui fit savoir: „Sous peu, nous présenterons une initiative demandant l'interdiction totale des tests sur les animaux dans toute la Suisse. Cela vous arrêtera."

„Je préfère alors que vous lanciez des cocktails Molotov. Les dommages sont moindres." Céline semblait parler au sérieux, mais changea de sujet: „Comment les défenseurs des droits des animaux comme vous réagissent-ils aux efforts d'éradication des espèces néophytes envahissants? Il serait certainement conforme à votre caractère d'empoisonner les eaux afin d'éradiquer les écrevisses américaines, quel que soit le nombre d'animaux indigènes qui périssent dans le processus. Vous auriez certainement aussi du plaisir à faire des entailles dans l'écorce des robiniers pour les faire crever lentement."

Gerber était offensé, mais ne protesta pas, et Céline s'adressa à Laura: „Je trouve ces actions idiotes, ne serait-ce que parce qu'on peut encore acheter des écrevisses vivantes de toutes sortes dans les épiceries, et qu'il y a forcément un crétin qui les libère dans la nature. Si on veut empêcher l'invasion d'espèces exotiques, les pépinières ne devraient pas vendre des milliers de plantes du monde entier, comme c'est le cas actuellement. Ils se répandent par eux-mêmes. L'Office fédéral de l'environnement n'aura jamais le courage de dire à nos pépinières de ne vendre que des plantes indigènes. Ce serait inacceptable d'un point de vue économique."

Laura approuva de la tête, et Céline reprit: „Je pense que cette chasse aux espèces immigrées est inutile de toute façon. L'évolution est entre autres basée sur la migration des animaux et des plantes, que ce soit par les semences, à pied sur la terre ferme ou sur des radeaux à travers la mer – et aujourd'hui de manière accrue dans les conteneurs commerciaux. Presque tout ce qui vit aujourd'hui ici en Europe a immigré. Si nous voulons exterminer toutes ces espèces, je commencerais par les humains. C'est une espèce exotique très envahissante qui détruit tout le reste."

Céline respira profondément, comme si elle voulait continuer, et Laura fut soulagée qu'à ce moment la patrouille soit arrivée pour prendre Gerber.

~

„Café?" La question rédemptrice de Yuri fut reçue avec enthousiasme. „Nous fumons toujours avec le café. Cela vous dérange-t-il?", demanda le Russe.

„Au contraire, je vous joins volontiers. Est-il permis de fumer dans un laboratoire biochimique avec toutes ces substances toxiques et inflammables?", demanda Laura.

„Nous avons mis en place un fumoir. Allons là-bas." Céline prit les devants et conduisit Laura à travers un couloir blanchi à la chaux jusqu'à une porte en bois patiné et usé. Le panneau d'avertissement jaune avec le symbole de la radioactivité n'était pas très accueillant, mais Céline invita la commissaire d'entrer. „Nous n'utilisons pas d'isotopes dans notre travail et nous avons seulement mis le panneau pour empêcher d'éventuels cambrioleurs de piller le musée de Fred."

Le local de taille moyenne offrait un spectacle surprenant. Sur les murs étaient accrochés d'innombrables petits instruments, pinces, étriers, vis, boussoles et autres ustensiles dont Laura n'avait aucune idée à quoi ils pouvaient servir. Le plâtre jaunâtre des murs et du plafond était recouvert d'éclaboussures de différentes couleurs. En face de la porte d'entrée, il y avait une énorme hotte aspirante. Au regard interrogateur de Laura, Céline expliqua qu'il s'agissait d'un atelier de l'ancienne fabrique d'instruments que Fred avait aménagé comme un musée familial, exposant tous les instruments que son père avait développés. La plupart des objets exposés étaient des prototypes fabriqués à la main. „Cette pièce servait autrefois à la fabrication d'alliages métalliques – d'où les éclaboussures sur les murs – et la hotte aspirante a été installée à cause des vapeurs", ajouta Céline. „Cela nous a donné l'idée de créer un fumoir où nous pourrions avoir nos discussions informelles." Ils s'assirent dans les fauteuils commodes, disposés en demi-cercle autour d'une table de club, près de la hotte.

„Le café est prêt." Yuri mit les tasses sur la table.

„Pensez-vous vraiment que cet amoureux des animaux a tué Sutter?" demande Céline, dubitative, en trempant un biscuit dans son café.

„Je ne crois rien. Je dois d'abord vérifier s'il a même eu l'occasion de le faire. En tout cas, son action d'aujourd'hui était dangereuse, et il n'a pas nié qu'il avait mis des graffitis sur la façade et versé de l'acide sur les voitures.

Il doit vous avoir dans sa ligne de mire depuis longtemps et est donc un auteur possible du meurtre. Toutefois, je ne peux pas ignorer les autres possibilités et j'aimerais vous en parler. Mme Widmer a indiqué qu'un scientifique a falsifié des résultats importants et a été licencié sans préavis. Quel est son nom?"

„Otto Egli, mais je ne pense pas qu'il soit coupable d'avoir assassiné Sutter. Il est trop mou pour ça. De plus, il a essayé d'obtenir un règlement important, mais Fred n'a même pas répondu à sa lettre recommandée, comme son avocat lui a conseillé de le faire. Toutefois, ce n'est pas la fin de l'affaire. Egli peut toujours porter plainte, et qui tuerait quelqu'un dont il espère obtenir de l'argent?"

„C'est assez convaincant, mais je dois quand même lui parler. Avez-vous son adresse et son numéro de téléphone?"

Céline donna à Laura les informations souhaitées et reprit le sujet: „Pour autant que je sache, Fred n'avait pas d'ennemis, du moins pas dans son environnement professionnel. Bien sur il y avait des concurrents, mais c'est normal en science, même si ce n'est pas une question d'argent. À part ceci, il y a aussi des parasites qui ne manquent jamais une occasion d'escroquer quelqu'un. Tout récemment, un pseudo-entrepreneur américain de Bâle a tenté de nous faire chanter en prétendant avoir développé le système de transport de gènes bien avant Fred. Ce Ward n'a pas reçu d'argent non plus et il n'a que peu d'intérêt à abattre la vache qu'il veut traire. De toute manière, il ne s'est plus manifesté."

Céline hésita avant d'ajouter sans trop de conviction: „Fred a récemment été invité par un professeur assistant de l'Université au Irchel à donner une conférence. Lorsqu'il a expliqué en détail nos recherches et même les projets où nous en sommes encore aux premiers stades, je l'aurais presque interrompu et lui dit qu'il arrête de dévoiler nos idées. Bien sûr, il faut partager des résultats, mais parler de projets est toujours risqué, surtout dans notre situation. Je n'ai pas confiance en ce professeur Sandau. Avant le séminaire, nous avons eu une brève discussion avec lui et j'ai eu l'impression qu'il n'était pas très intelligent et donc pompeux. Son groupe veut utiliser notre protéine de transport pour des études génétiques sur les poissons. Fred lui a même apporté notre clone, à partir duquel la navette peut être produite. Jusqu'à présent, tout va bien, mais Sandau ne sait pas que nous avons demandé l'enregistrement définitif du brevet sur cette technique entretemps et il était peut-être tenté de s'approprier l'invention – si jamais le propriétaire mourrait. Au cas où je me fais écraser prochainement, vous devriez vérifier si la peinture de sa voiture est abîmée."

„J'espère qu'on n'en arrivera pas là." Laura prit quand même note du nom du professeur et changea de sujet: „Savez-vous quelque chose sur des tensions dans la vie personnelle de M. Sutter?

Céline regarda l'horloge. „Yuri, veux-tu bien arrêter le gel dans le labo de derrière et découper le fragment d'ADN dont nous avons besoin?" Ce n'est qu'après le départ de Bobrow qu'elle revint sur la question de Laura: „Par principe, je ne discute jamais de questions personnelles devant des collègues, même si je n'ai rien à dire. Je n'ai parlé à Fred que des questions scientifiques et tactiques concernant notre entreprise – à une exception près. Peu avant son départ pour les vacances, nous avons célébré le sauvetage financier de notre entreprise dans un bar et après plusieurs verres, Fred a laissé entendre qu'il allait divorcer."

„Et vous a immédiatement demandé de l'épouser?" Laura estima que Céline devait avoir eu une raison de renvoyer son collègue.

„Un, non. Deux, j'aurais refusé, et trois, une demande en mariage n'est pas une raison impérieuse pour tuer le prétendant tout de suite." Céline avait l'air piquée.

„J'ai été maladroite, je m'excuse. Pourtant, je dois vous poser une autre question impertinente: Dans quelle mesure tirez-vous profit de la disparition de M. Sutter?"

„C'est une question très délicate. J'en bénéficie à la fois financièrement et en termes de position dans l'entreprise. Je suis récemment devenu une partenaire de la 'KOKI', et me retrouve maintenant la seule propriétaire et directrice scientifique." Céline expliqua à Laura le contrat que l'investisseur Jaccard avait négocié avec Sutter. „L'accord stipule également que tous les droits et les fonds privés déjà investis seront transférés à l'autre partenaire en cas de décès de l'un d'entre eux. Il est vrai que tout cela ressemble à un motif fort." Céline haussa les épaules et ajouta avec insistance: „J'aimais bien Fred et il me manque en tant que patron et bon ami. Je n'ai jamais rêvé de le tuer pour m'approprier la compagnie."

Laura était encline à la croire, mais le motif de Céline était jusqu'à présent le plus convaincant – à part celui de la veuve Sutter, qui allait hériter d'une fortune considérable, bien qu'avec quelques réserves.

Heureusement, Yuri revint et la sauva d'autres questions inappropriées.

„Voulez-vous m'interroger aussi? Sinon, je serais assez occupé." Bobrow s'était arrêté sous la porte et semblait préférer repartir immédiatement. D'un geste de la main, Laura l'invita à s'asseoir et Céline partit discrètement. La conversation ne révéla rien de nouveau. Bobrow s'extasia sur son patron, qui lui avait offert la chance de travailler en Suisse et l'avait récemment promu. Yuri n'avait aucune idée des relations d'affaires et privées de Sutter, et en retour, il raconta avec enthousiasme le magnifique dîner de gala au Grand Hôtel Dolder, pour lequel il s'était même acheté une nouvelle cravate.

Pour une détective, c'était agréable de rencontrer une personne dont on ne pouvait pas se douter pour une fois, mais il était temps de partir. Bobrow accompagna Laura au laboratoire, où elle prit congé de Céline. „Nous nous reverrons probablement bientôt, non pas parce que vous êtes mon principal suspect, mais parce que de nouvelles questions apparaîtront certainement au cours de l'enquête. J'aimerais également savoir ce qui se passe dans vos recherches, si vous avez une fois le temps de me les expliquer. J'ai suivi de nombreux cours de biochimie et de biologie moléculaire pendant mes études d'enquête criminelle et je me suis beaucoup intéressé à ce sujet."

„Je serai heureuse de discuter avec vous! Le mieux est d'appeler quand vous avez le temps. Nous pourrions nous rencontrer ici, je pourrais expliquer notre projet, et ensuite nous pourrions aller manger ensemble, si vous, en tant que commissaire, pouvez vous asseoir à la même table que le principal suspect.“

Lundi matin, Laura parcourut les notes qu'elle avait prises pendant son enquête sur le meurtre de Sutter et dressa une liste des personnes qu'elle devait encore interroger. L'investisseur Pierre Jaccard et le maître chanteur John Ward ne vivaient pas à Zurich. Elle pouvait les convoquer comme témoins, mais ils parleraient plus librement si elle leur rendait une visite informelle. D'abord elle voulait contacter les personnes vivant en ville. Cependant, elle voulait s'informer d'abord auprès du procureur responsable ce qu'il pensait du militant des droits des animaux qu'elle avait arrêté hier – et s'il l'avait déjà laissé repartir. Elle composa le numéro et reçut le message selon lequel, en ce moment, M. Bürki menait un interrogatoire, mais qu'il la rappellerait dès que possible.

Le chercheur frauduleux, Otto Egli, était aussi en tête de la liste des témoins à interroger, mais n'était pas atteignable par téléphone. Pour autant qu'elle le sache, personne d'autre que lui dans le cercle des hommes d'affaires et des scientifiques n'avait de raison suffisante de vouloir tuer Sutter. Le directeur de la 'Raremed' à Bâle, Peter Frei, avait acquis un droit d'utilisation du brevet sur la navette et avait signé un contrat. Il n'y avait aucune raison de le suspecter. Le professeur zurichois Sandau avait bénéficié de la générosité de Sutter. L'évaluation de Céline selon laquelle il était incapable de mener des recherches indépendantes et pourrait donc être tenté de voler les données d'autres chercheurs était apparemment basée sur une réticence personnelle. Laura se demandait si cela valait la peine de parler à Sandau et sous quel prétexte inoffensif elle pouvait l'approcher. Ce n'était pas facile et elle était sur le point de renoncer quand elle se souvint de la remarque de Céline selon laquelle Sandau pourrait mettre la main sur le brevet de Sutter, s'il la fauchait avec sa voiture. Elle devait tirer au moins un coup de semonce.

„Sandau, qui parle?" Au moins, le professeur répondit lui-même au téléphone. „Crameri, police criminelle de Zurich." Laura expliqua qu'elle était chargée d'enquêter sur le meurtre de Fred Sutter.

„Oui, c'est terrible. Je l'ai lu dans les journaux ce matin. Que s'est-il passé?

„J'ai peur de ne rien pouvoir vous dire à ce sujet.

„Et pour quelle raison me contactez-vous?"

Laura lui servit alors une évasion soigneusement préparée: „Il est possible que M. Sutter ait été assassiné par un concurrent. J'ai cru comprendre que vous avez collaboré avec lui et j'espère recevoir de votre part une évaluation compétente de cette possibilité."

Le ton flatteur sur lequel Sandau répondit, indiquait que la phrase avait été suffisamment inoffensive. Ils convinrent de se rencontrer en une demi-heure.

Malgré son teint pâle et sa chevelure clairsemée, Sandau avait l'air engageant et était extrêmement courtois. Il servit un café à Laura et pendant qu'ils le buvaient, il entra en matière: „Vous vous intéressez aux concurrents hostiles de Sutter. Comme je l'ai dit au téléphone, je serais heureux de vous aider, mais malheureusement je ne connais pas ses autres contacts. Il a été très généreux envers nous et a probablement aussi mis ses résultats et son matériel à la disposition d'autres chercheurs, mais je n'en sais rien." Après un moment de réflexion, il ajouta: „Je crains que vous ayez une trop mauvaise opinion de nous, les chercheurs. Bien entendu, chacun suit de très près ce qui se passe dans son secteur et bénéficie des progrès et des découvertes techniques. C'est tout à fait normal. Cependant, il est vrai qu'il y a aussi des manœuvres malhonnêtes. Lors de la publication, certains gens essaient parfois de prendre de l'avance sur la concurrence en bloquant les articles qu'ils sont censés évaluer par des critiques inadéquates." Sandau leva les épaules, impuissant.

„Le pire, c'est quand des carriéristes sans scrupule falsifient les données scientifiques. Tôt ou tard, ces infractions sont découvertes et parfois même sanctionnées – s'il est impossible de les dissimuler." Il sourit de façon désobligeante et continua: „Parfois, 'un chercheur désespéré se tue, mais je n'ai jamais entendu parler de quelqu'un qui aurait éliminé un concurrent physiquement."

Sandau n'était pas aussi vaniteux et désemparé que Céline le pensait. Probablement sa manière affectée de parler et le ton prussien avaient contrarié la genevoise rebelle. Laura réfléchit à la façon dont elle devrait continuer. Le but principal de sa visite avait été de signaler à Sandau que la police l'incluait dans le cercle de Sutter et qu'il pouvait être suspecté si quelque chose arrivait à Céline. Pendant qu'elle y était, elle pouvait aussi bien découvrir quel type de voiture il conduisait. En se levant, elle remarqua à la légère: „Je suis venue en tram. La connexion est excellente ici."

„Je viens en voiture parce que j'habite assez loin d'ici et, par transport publique, je devrais changer trois fois de ligne."

„Mais ce n'est pas un de ces monstres diesel à quatre roues motrices...“

„Oh, non, juste une petite Audi TT.“

„J'aimerais bien en avoir une! Je ne vous retiens pas plus longtemps. S'il y a d'autres questions, je vous recontacterai, si cela ne vous dérange pas.“

„Je suis à votre disposition.

~

A peine Laura était-elle arrivée au bureau que le téléphone sonna. C'était le procureur Bürki, qui s'occupait du cas Gerber. „Je viens d'avoir une conversation avec le jeune homme que vous avez arrêté vendredi soir. C'était très embarrassant pour moi. Au départ, je croyais qu'il avait été arrêté parce qu'il avait tenté de mettre le feu à un laboratoire, et puis il m'a dit que vous le soupçonniez aussi d'avoir assassiné Sutter. J'avais l'air bête! J'avais seulement lu dans les journaux, qu'un Zurichois du nom de Sutter avait été tué dans un accident à Flims. Je ne savais pas qu'il s'agissait d'un meurtre. Alors j'ai interrompu l'interrogatoire afin de ne pas me ridiculiser davantage. Pourquoi ne m'avez-vous pas informé?“

Laura lui assura qu'elle avait envoyé un rapport détaillé sur le meurtre de Sutter à la procuration. Apparemment, il avait fini dans les mains de quelqu'un d'autre. Kuhn avait auparavant travaillé avec Bürki chaque fois que cela était possible, et elle avait espéré qu'il reprendrait aussi les affaires actuelles. Pour arriver à cette fin, elle suggéra habilement: „Gerber, que j'ai arrêté pour son attentat incendiaire, est un suspect possible dans le cas Sutter. Il serait préférable que les deux affaires soient entre vos mains.“

Bürki était apaisé: „Je vais me procurer votre rapport sur l'affaire Sutter. En ce qui concerne l'interrogatoire de Gerber, tout ce que je peux dire pour l'instant, c'est qu'il a reconnu avoir causé des dommages matériels. Cependant, il insiste sur le fait qu'il a délibérément utilisé une bouteille fragile pour son cocktail Molotov afin que les fenêtres ne se brisent pas et que personne ne soit blessé. Je dois attendre le rapport du service de la police scientifique avant de pouvoir décider dans quel sens je porte plainte. S'il est confirmé qu'il a utilisé une bouteille à paroi mince, je peux m'abstenir de porter plainte pour avoir sciemment mis la vie des chercheurs en danger ce qui signifierait plusieurs années de prison. Pour la mise en danger par négligence et les dommages, il doit en répondre en tout cas." Bürki semblait avoir dit tout ce qu'il y avait à dire, mais il avait encore une question: „Au fait, d'où vient cette égratignure sur son front?

„En s'enfuyant, il a trébuché sur mon pied et s'est cogné la tête sur le sol. Je n'en suis même pas désolée." Laura renonça à exprimer son opinion sur la protection excessive de criminels et resta objective: „Il serait peut-être utile que je fouille son appartement pour voir si je peux trouver une photo de Sutter, une seringue hypodermique, un adaptateur, du spray au poivre ou toute autre preuve qui pourrait suggérer l'implication de Gerber dans le meurtre."

„Bonne idée, allez-y! J'attends votre appel."

Laura se rendit immédiatement à l'appartement de Gerber au Seefeld. Malgré une recherche minutieuse, elle ne trouva le moindre indice que l'ami des animaux aurait fait des préparatifs pour le meurtre de Sutter. Elle en informa Bürki.

„Eh bien, cela simplifie les choses. Au fait, j'ai trouvé votre rapport sur l'affaire Sutter chez un collègue et il m'a cédée l'affaire.“

Sur le chemin du retour, Laura passa devant le bar du Globus au Bellevue et entra. Au buffet, elle se servit de crevettes grillées, d'une salade colorée et d'un verre de vin blanc et s'assit sur l'une des chaises hautes à la fenêtre donnant vue sur le Bellevue. De là, elle pouvait voir la grande place du Sechseläuten et l'îlot des trams avec la fontaine, près de laquelle un policier avait été abattu, le jour même où elle avait commencé son stage de formation à Zurich. Il s'agissait du premier meurtre, sur lequel elle avait pu enquêter avec son mentor Paul Kuhn. C'était il y avait juste un an, mais parmi les nombreuses personnes qui passaient par là, probablement aucune ne pensait au jeune homme qui avait perdu la vie ici.

~

Après le déjeuner, Laura se rendit au bureau, s'allongea sur sa chaise longue et essayait de mettre ses idées au clair. Elle ne comprenait pas, pourquoi elle était constamment préoccupée par la question de savoir pour quelle raison Straub s'était suicidé, au lieu de se concentrer sur l'affaire du meurtre de Sutter. Après tout, le jeune pharmacien avait choisi de mourir de son propre gré, et la police n'avait pas besoin de savoir pourquoi il l'avait fait, mais la photo de la jeune femme dans l'appartement de Straub avait éveillé sa curiosité. Il y avait une autre raison, un peu plus sensée, pour son intérêt. Les affaires Straub et Sutter présentaient certains parallèles. Dans les deux cas, des pharmacies étaient impliquées, et chacun des deux hommes décédés avait connu une jeune femme qui était actuellement introuvable. La petite amie nordique de Sutter, telle que Gina l'avait décrite, avait disparu sans raison apparente, et Straub semblait pleurer une femme bien-aimée dont il avait décoré la photo d'une rose rouge. Aussi cette femme était délicate et avait les cheveux blonds. Cela ne prouvait pas que c'était la même personne, et pour l'instant rien n'indiquait que les deux hommes se connaissaient.

Néanmoins, dans le cadre de son enquête sur le meurtre, il fallait au moins retrouver la petite amie de Sutter. À l'exception de Gina, personne de l'entourage de Sutter ne semblait la connaître. Malheureusement, Gina ne se souvenait pas de son nom, mais elle avait dit qu'il sonnait nordique. Pour Gina, avec ses racines italiennes, même des noms allemands pouvaient sembler nordiques, mais c'était le seul indice dont elle disposait et elle ne pouvait pas le négliger.

Laura prit son ordinateur, cherchait des prénoms féminins scandinaves et envoya une liste des quinze plus fréquents par e-mail à Gina. Elle soupira. Cette enquête ne consistait qu'en des questions ouvertes, auxquelles elle devait attendre une réponse.

Au lieu de rester assise sans rien faire, elle pouvait quand même essayer de tracer les relations personnelles de Straub pendant ses études. Elle appela l'Institut des sciences pharmaceutiques.

La secrétaire reprit sa demande avec réticence: „Qu'attendez-vous de moi? Vous dites que l'homme est mort et je ne vois pas en quoi ses relations personnelles devraient intéresser la police.“

„L'homme est mort, mais il pourrait s'agir d'un meurtre. Vous ne voulez certainement pas faire obstruction à une enquête criminelle." Laura dût exagérer un peu pour ne pas être coupée.

La secrétaire devint plus prudente: „Bien sûr que non, mais je ne sais pas comment je peux vous aider. Si vous le souhaitez, je peux vous envoyer une liste des étudiants de la volée de Straub. Je ne les connais pas et je ne veux pas les interroger sur des sujets privés."

„Je ne vous demande pas de faire ça. La liste sera utile, mais j'aimerais que vous me donniez également les noms des deux volées plus jeunes." De son expérience personnelle, Laura savait que les étudiants mâles s'intéressaient davantage aux filles plus jeunes qu'eux, probablement pour combler leur manque de confiance en soi.

„Pas de problème, je vous envoie un e-mail. Donnez-moi votre adresse."

À la stupéfaction de Laura, les listes lui parvinrent au bout de dix minutes. Elle parcourut le dossier et se demanda ce qu'elle pouvait en faire – en fait, rien du tout. L'identité de Straub était connue et plus que la moitié des personnes sur ces listes étaient des femmes ce qui compliquait la tâche. Sans connaître le nom de la jeune femme sur la photo dans la chambre de Straub, il était presque impossible de vérifier si elle avait étudié avec lui. Seulement si cette hypothèse se vérifiait, pouvait-elle oser de contacter ses parents pour demander où se trouvait leur fille. Un moyen d'identifier cette femme était de montrer sa photo aux camarades d'étude de Straub. La plupart d'entre eux avaient déjà terminé leurs études, mais certains devaient probablement rattraper des examens ou travaillaient encore sur leur thèse. Les cohortes les plus jeunes n'étaient probablement pas encore parties. Laura hésitait à mettre l'inconnue sous les feux de la rampe en montrant sa photo à des étrangers. Il était plus facile de demander d'abord à la sœur de Straub, qui devait en savoir plus sur les amies de son frère. De toute manière, elle devait être informée du décès de son frère.

La jeune pharmacienne avait dit que la sœur de Straub s'appelait Doris et qu'elle était célibataire. Laura n'avait pas la moindre idée du nombre d'organisations d'aide travaillant en Afrique, et il aurait été long de les contacter individuellement. Au Département fédéral des affaires étrangères, les Suisses qui participent à des missions à l'étranger devaient être enregistrés, du moins ceux qui se rendaient dans des zones dangereuses. Laura envoya une demande concernant Doris Straub et la meilleure façon de la contacter. Or, elle ne pouvait qu'espérer que la réponse de Berne ne tarderait pas à venir.

Il y avait beaucoup d'autres aspects qu'elle devait poursuivre, particulièrement le rôle que jouait le faussaire Otto Egli. Étonnamment, malgré plusieurs tentatives, elle n'avait pas réussi à le joindre par téléphone. C'était assez étrange. Une personne qui cherchait un nouvel emploi devrait toujours être disponible pour les appels. Peut-être qu'Egli ne cherchait pas du tout de travail, mais qu'il avait quitté le pays après avoir glissé à Sutter le spray fatal.

Elle composa de nouveau son numéro et cette fois-ci, elle eut de la chance. „Je suis l'inspectrice Crameri. Bonjour, M. Egli, je dois vous poser quelques questions en tant que témoin."

„Témoin? Pourquoi devrais-je témoigner?", demanda Egli, incertain, mais il se rendit enfin compte de la situation: „À propos de la mort de Fred Sutter? J'ai lu dans le journal qu'il a eu un accident, c'est très regrettable. Je ne sais rien d'autre."

„Vous avez travaillé pour lui pendant plus d'un an, après tout."

„Presque trois ans. J'étais son premier employé, mais cela ne l'a pas empêché de me licencier." Le ton amer de la voix d'Egli semblait plus sincère que le *très regrettable* comme il avait apostrophé la mort de Sutter.

„Cela ne devrait pas vous empêcher de m'aider à résoudre ce meurtre."

„Bien sûr que non."

Parfait, alors je vous attends dans mon bureau à trois heures cet après-midi."

„Ce n'est malheureusement pas possible. Je me trouve actuellement dans une station-service d'autoroute allemande en route pour Freiburg. Demain j'y donne une conférence. Je postule un emploi là-bas. Après-demain, je vais à Francfort et je ne sais pas encore quand je reviendrai."

Laura ne voyait aucune raison valable d'interdire au suspect lointain de chercher un emploi. „Alors, à la semaine prochaine. Appelez-moi dès votre retour."

Elle essaya de contacter l'investisseur Jaccard, mais la secrétaire lui dit que M. était en réunion, mais qu'il la rappellerait dans l'après-midi. Chez „BioEnds" à Bâle, personne ne répondait au téléphone. Laura était désespérée. Ainsi, elle n'allait nulle part.

À ce moment, le rapport de la médecine légale lui parvint. Il n'y avait pas d'irritant dans le deuxième vaporisateur de l'emballage qui avait été trouvé dans la chambre de Sutter, ni dans les préparations périmées, récupérées de sa voiture. Le tueur n'avait manipulé qu'un seul spray. Cela signifiait que le moment de la mort n'était pas important pour lui. Laura secoua la tête. Si Sutter avait accidentellement retiré l'autre tube de la boîte, il serait resté en vie, ne serait-ce que quelques semaines.

C'était une étrange affaire de meurtre: l'auteur du délit qui ne se souciait pas trop si sa victime prenait vraiment la drogue fatale, pas un vrai suspect à l'horizon, et quand elle voulait interroger quelqu'un, il était inatteignable. Elle avait envie de discuter de cette situation confuse avec quelqu'un. Peut-être Paul avait-il une idée de la façon dont elle pourrait aller de l'avant.

Kuhn était ravi de sa suggestion et lui proposa de cuisiner ensemble chez lui. Il avait encore de la salade, des pâtes et assez de vin à la maison. Cependant, comme son genou lui faisait encore mal, il demanda à Laura d'apporter des saucisses. Dans l'attente d'un dîner copieux, elle ne se procura qu'un petit sandwich à la cantine et but de l'eau avec.

A sa surprise, en début d'après-midi Jaccard rappela en effet. Il avait des affaires à Zurich le lundi suivant et souhaitait rencontrer Laura par la suite. Il proposa une rencontre à 16 heures au „Au Premier" dans la gare centrale. Cela lui permettait de prendre le train pour Genève sans devoir courir à la gare.

Condamnée à attendre, Laura décida de préparer un résumé des deux affaires pendantes pour Kuhn. Elle

voulait l'informer de manière aussi complète que possible. L'effort en valait la peine. Le rapport semblait uti-
lisable, et elle en envoya une copie à la patronne, qu'elle
devait quand même informer de temps en temps.

Laura arriva chez Kuhn un peu plus tôt que prévu et se mit à préparer du risotto qu'elle préférait aux pâtes. Comme d'habitude, Paul fit rôtir ses saucisses de veau à noir, et le Luganighe de Laura nageaient dans la graisse. Kuhn déboucha une bouteille de Sabbiato Bolgheri de Toscane. Pendant le repas, ils réchauffèrent des souvenirs communs. C'est seulement autour d'un café que Laura souleva les problèmes qu'elle voulait discuter. Elle expliqua l'affaire Sutter en détail et décrivit les personnes de l'entourage de la victime et leurs motivations possibles. „A l'instinct, je ne pense pas que le tueur soit parmi eux. En plus, le fait que l'irritant peut avoir été introduit n'importe où et n'importe quand dans le vaporisateur, complique les choses énormément.“

Kuhn secoua la tête. „Pas nécessairement. Redis-moi exactement quand et comment la drogue mortelle a été commandée et livrée.“

„La secrétaire de Sutter a commandé un nouveau lot à la pharmacie Paracelsus le 21 décembre. Le médicament n'y était pas en stock. Comme il était trop tard pour une livraison depuis le centre de distribution, la pharmacie a essayé de le commander ailleurs“, précisa Laura en ajoutant: „La falsification ne peut avoir eu lieu que dans l'une des pharmacies participantes ou après la livraison à Sutter. Dans les deux cas, l'auteur n'avait pas beaucoup de temps à sa disposition. Il n'y a que quelques heures entre la commande et et la livraison, et Sutter n'a passé qu'une seule nuit à la maison avant de partir en vacances.“

Kuhn intervint: „Pour moi, cela indique une décision spontanée, et non une longue préméditation et manipulation du spray en avance.

Laura l'interrompit: „Pourtant, cette possibilité existe. Le coupable pourrait se trouver dans la pharmacie où Sutter se procurait régulièrement ses médicaments. Il aurait alors su quand la dernière livraison avait été effectuée et quand une livraison ultérieure devenait nécessaire. Dans ce cas, il pouvait préparer la manipulation en toute tranquillité. Lors de la commande suivante, il pouvait prétendre qu'il n'y avait pas de réserve et livrer le spray empoisonné à la 'KOKI' en toute tranquillité.“

„D'accord, mais il aurait alors dû empêcher le lancement d'une opération de recherche.“

„Pas nécessairement! Puisque la recherche était adressée a plusieurs pharmacies, un double envoi était assez probable et n'aurait guère évoqué des soupçons.“

Kuhn réfléchit un moment avant d'adresser un aspect qui le dérangeait: „Ce qui m'intrigue, c'est le caractère aléatoire des actions de l'auteur. S'il avait planifié son acte en avance, il aurait dû savoir que Sutter n'avait besoin du médicament que rarement et qu'il était possible qu'il n'irait pas l'utiliser – une espèce de roulette russe. D'autre part, si c'est la recherche de l'inhalateur qui a donné l'idée de tuer Sutter à une personne qui lui en voulait mais n'avait pas conçu un plan précis, c'est assez particulier aussi.“

Kuhn attendit pour voir si Laura voulait intervenir, et comme ce n'était pas le cas, il ajouta: „En tout cas, il semble, que l'auteur n'était pas pressé de mettre Sutter hors-jeu. Ceci aurait été plus urgent dans le cas d'un changement de testament imminent ou d'une échéance de dette urgente. Il me semble, que ce meurtre n'était pas motivé par des intérêts financiers. Il ressemble plus à un jeu cruel et cynique. Si cela ne fonctionne pas au premier coup, on peut toujours réessayer." Kuhn secoua la tête avec désapprobation.

„Tu as raison. Cette attente suggère un motif émotionnel. Je vais garder cela à l'esprit", approuva Laura.

„Imagine que tu haïsses quelqu'un de façon abyssale, que tu prépares sa mort douloureuse et que tu attends calmement que cela arrive", remarqua Kuhn songeur.

„Je frissonne à la seule pensée. J'aurais certainement appelé Sutter au bout de deux heures et lui aurais conseillé d'acheter un nouveau spray contre l'asthme", affirma Laura la bouche plissée.

„Je suppose que nous n'avons jamais vraiment détesté quelqu'un", lança Kuhn, mais il semblait se demander si cela s'appliquait vraiment à lui.

Laura prit une petite gorgée de vin et revint à un aspect pratique: „Demain, je demanderai à Swissmedic à quelle pharmacie le spray a été livré. Ils peuvent le savoir grâce au numéro de lot. Je voulais le faire aujourd'hui, mais l'attentat du militant des droits des animaux a gâché mon programme.

„Le pauvre Sutter ne reviendra pas à la vie, que tu attrapes son meurtrier demain ou dans quelques mois", essaya Kuhn de la calmer. „Maintenant, nous allons prendre le dessert. J'ai préparé une crème brûlée."

Après une nouvelle tournée de café, Kuhn reprit la discussion: „Nous nous sommes peut-être un peu trop concentrés sur l'idée que l'auteur du crime doit nécessairement être un pharmacien. D'autres auteurs ayant un minimum d'expertise médicale peuvent être impliquées."

„C'est le cas de la plupart des personnes de l'entourage de Sutter, et cela ne nous aide pas", déclara Laura, sceptique.

Kuhn ne semblait pas dérangé par cette circonstance, et proposa: „Nous avons dit plus tôt que le fait que quelqu'un ait voulu tuer Sutter, peu importe le moment auquel la mort est survenue, témoigne d'un motif émotionnel – l'amour, la jalousie, la vengeance. Si quelqu'un autour de la victime répond aux deux critères, expertise technique et émotion, tu peux te concentrer sur lui."

Laura y réfléchit longtemps, mais, basée sur ce qu'elle savait pour l'instant, elle ne trouva pas de candidat répondant de manière convaincante aux deux critères. „Sutter a été un homme à femmes de renom. Son épouse et son amie Gina, qui sortait avec lui autrefois, sont également très laxistes. Tous et toutes semblent préférer des aventures d'une nuit à une relation permanente. Cela ne suggère pas que la jalousie ait été motif de meurtre pour une des nombreuses amies passées. Par contre, certains amis déçus ou maris cocus moins généreux pourraient avoir eu envie de se venger."

Laura hésita avant d'ajouter: „Parlant de la veuve, si jamais, elle avait plutôt un motif économique. Selon les rumeurs, Evita n'a marié Fred que parce qu'il avait hérité d'une belle fortune. Lorsqu'il a commencé à placer des fonds privés dans l'entreprise, elle a menacé de divorcer. Sans doute, elle est avide d'argent. Un testament qui la déshérite aurait pu être une raison suffisante pour qu'elle le tue.

„Elle aurait alors dû savoir qu'il avait l'intention de rédiger un testament, mais ne devait pas savoir qu'il l'avait déjà fait.“

„Je ne sais pas si Sutter lui a fait part de son intention. S'il le lui avait dit avant son départ pour les vacances, elle aurait eu la possibilité d'acquérir le spray, de le manipuler et de le déposer clandestinement dans la chambre de son mari lors d'une visite à Flims. Malheureusement, les réceptionnistes n'ont rien pu dire à ce sujet.“

Lorsque Kuhn ne dit rien, Laura arriva à un point qu'elle n'avait pas mentionné auparavant: „Si l'on considère des motifs émotionnels, une déclaration de Gina pourrait être significative: Il y a quelques années, Sutter a entretenu une relation inhabituellement sérieuse avec une étudiante qu'il avait volée dans un bar à son accompagnateur. Selon Gina, les deux étaient très heureux ensemble, mais d'une manière ou d'une autre, la liaison s'est effondrée. Il y a peut-être eu un drame, mais ce n'est qu'une supposition. Pour l'instant, je ne connais même pas son prénom, mais je la trouverai.“

~

Le lendemain matin, il s'avérait que la recherche de la petite amie disparue de Sutter n'était pas facile. Laura avait à peine bu son café qu'un SMS lui parvint: *Désolée, je ne me souviens pas du nom. Salutations, Gina.*

Résolument, Laura décrocha le téléphone et appela Mme Sutter.

„Evita, qu'est-ce qu'il y a?" La voix semblait endormie.

„Je suis désolé de vous déranger, mais j'ai une question à propos d'une amie de votre mari."

„Quelle amie? Je n'ai pas une si bonne mémoire", grogna Evita.

„Je ne connais pas son nom, mais votre mari l'a rencontré juste avant que son père ne tombe malade. Il semble qu'il l'ait cherchée en vain."

„Ah elle! En effet, Fred en était tombé désespérément amoureux et il l'a longuement pleurée après qu'elle a disparu sans laisser de traces. J'ai eu du mal à le remettre au monde. Que voulez-vous savoir?"

„Le nom me serait déjà utile."

„Aucune idée, désolée. Pourquoi la recherchez-vous?"

„Pas tant elle qu'un éventuel amant jaloux."

„Si les Ex étaient aussi violents, Fred aurait été tué au moins une douzaine de fois."

Laura prit congé précipitamment. Chaque fois qu'elle avait à faire avec Evita, elle devait faire attention à ne pas devenir abusive. Une fois la conversation inutile terminée, elle réfléchit à ce qu'il lui restait à faire. Elle se frappa le front. Elle aurait presque oublié d'interroger le patron de la 'Paracelsus'. Elle appela immédiatement, mais on lui dit que le chef était encore malade, mais qu'il reviendrait probablement au travail lundi.

Ensuite, Laura envoya enfin un e-mail à Swissmedic pour demander quand et à qui le spray avec le numéro de lot correspondant avait été livré. Elle ne pouvait qu'espérer que la réponse prendrait moins de temps que l'ajustement des tarifs de facturation des médicaments et des articles sanitaires à payer par les compagnies d'assurance maladie.

Durant toute la semaine, cet espoir ne se réalisa pas, et aucune réponse n'entra du ministère des Affaires étrangères concernant le séjour de la sœur de Straub non plus. L'inactivité sur tous les fronts commençait à énerver Laura – et les conditions de neige dans les montagnes étaient trop bonnes. Si elle se dépêchait, elle pourrait encore prendre le train de 10:37 pour Coire.

~

Avec un bronzage rafraichi et un nouveau courage, Laura se mit au travail lundi et examina d'abord le courrier et les e-mails qu'elle avait reçus. En fait, le ministère fédéral des Affaires étrangères avait répondu. Le contenu n'était pas encourageant. Doris Straub, la sœur du pharmacien suicidaire, travaillait en République démocratique du Congo comme infirmière dans une équipe de Médecins sans frontières, qui était stationnée dans un camp de réfugiés près de Béni, dans la province du Nord-Kivu. Il y avait quelques jours, elle s'était rendue avec deux médecins dans la province voisine de l'Ituri pour voir si l'infection à Ebola s'y était déclaré. Le village fut attaqué par des rebelles Hutu pendant la nuit. Parmi les morts se trouvait le jeune médecin français de l'équipe. Il n'y avait aucune trace des deux Suisses. L'Office fédéral promit de la contacter dès qu'il y aurait des nouvelles.

Laura était bouleversée. Apparemment, de telles attaques par les rebelles se produisaient tout le temps, mais on n'en entendait pratiquement plus parler ici. Elle espérait que les personnes disparues s'en sortiraient indemnes.

Cette impossibilité de parler avec des témoins dans le cas Straub l'obligea à se concentrer sur l'affaire Sutter. D'abord elle choisit le numéro d'Otto Egli. Il était encore au petit déjeuner et semblait d'excellente humeur. Laura supposait que sa recherche de travail était en bonne voie, mais ne se renseigna pas à ce sujet. Trop facilement, elle aurait fait ressortir qu'elle souhaitait le contraire à ce tricheur. Elle voulait convoquer Egli pour mardi matin, mais il faisait valoir qu'il devait rester à Francfort pendant quelques jours pour discuter de questions importantes. Il l'appellerait certainement dès qu'il serait de retour à Zurich. En dehors d'un éventuel sentiment de vengeance pour le renvoi sans préavis, rien ne l'incriminait et Laura dût donc accepter cette suggestion, bien que contre son gré.

À la pharmacie Paracelsus, où Mme Widmer avait commandé les sprays contre l'asthme, le patron avait enfin repris le travail et Laura partit le voir immédiatement.

Le propriétaire l'accueillit poliment, mais était visiblement nerveux: „Que me vaut cet … honneur?" La brève hésitation laissait entendre qu'il aurait préféré dire dérangement.

„Y aurait-il un endroit privé où nous pouvons parler?" La suggestion de Laura n'était pas de nature à rassurer Baumann. Il emmena la commissaire dans son bureau. „Que s'est-il passé pour que la brigade criminelle nous rende visite?"

Laura expliqua qu'il s'agissait d'un inhalateur pour l'asthme, probablement fourni par sa pharmacie. Elle lui donna une note avec les numéros de lot et Baumann se mit à taper sur son ordinateur. „Vous avez raison, le premier chiffre correspond à un lot de deux sprays vendus ici dans le magasin le 14 septembre. Bien que cela remonte à loin, je me souviens de cette visite, parce que le client est venu en personne. Normalement, il se faisait livrer ses sprays.“

„Le patient est-il un certain M. Sutter?“

„C'est vrai“, confirma le pharmacien, étonné. „Pourquoi connaissez-vous le nom?“

„Cela n'a pas d'importance pour l'instant. J'ai appris aussi que sa secrétaire vous a commandé à nouveau ce médicament le 21 décembre.“

„C'est étrange. Je ne trouve pas le numéro correspondant dans notre registre. M. Sutter l'a probablement acheté ailleurs. Je vais vérifier son dossier. Toutes les commandes y sont répertoriées.“ Apparemment, ces objets n'étaient pas dans l'ordinateur, mais casés dans un dossier suspendu au mur du fond. Baumann feuilleta la section S et sortit une carte. „Effectivement, une commande a été passée le 21 décembre, mais nous n'avions pas le médicament en stock. Il doit avoir été livré par une autre pharmacie. C'est pourquoi nous n'avons pas noté le numéro.“

„Savez-vous qui a fait cette livraison?“

Baumann leva les mains. „Probablement le centre de distribution, mais je ne peux pas le savoir. J'étais malade à l'époque et une pharmacienne m'a remplacé. Elle aura du mal à s'en souvenir. Peu avant les vacances, tout le monde a besoin d'urgence, et bien sûr au dernier moment, d'un médicament pour les vacances. Les pharmacies et les services de livraison sont complètement débordés ces jours-là."

„Pouvez-vous me donner l'adresse de votre remplaçante? Je voudrais également parler aux employés qui
étaient en service ce jour-là et qui sont ici aujourd'hui."

Le pharmacien protesta vivement: „Avant que je
vous permette d'empêcher mes gens de travailler, je
veux savoir de quoi il s'agit."

„ M. Sutter a été assassiné. Quelqu'un a introduit du
spray au poivre dans son inhalateur pour l'asthme."

„C'est affreux!" Baumann se rendit compte de ce
qu'un médicament falsifié pouvait signifier pour une
pharmacie. „J'espère que vous ne nous ferez pas faire
les gros titres. Nous n'avons pas fourni ce médicament
faussé, mais vous savez comment sont les journaux. Je
serai heureux de vous aider dans votre enquête par tous
les moyens possibles." Il nota l'adresse de la pharmacienne de remplacement sur un bout de papier et consulta la liste du personnel.

„Deux des assistantes qui étaient en service le 21 décembre sont ici. Je vais les chercher tout de suite."

Les deux jeunes femmes ne se souvenaient plus de
qui avait pris l'ordre. Laura essaya de leur rafraîchir la
mémoire: „À cette époque, une remplaçante était en
service ici."

„Ah oui, cette tante chaotique a mis le bazar ici la semaine avant Noël. Maintenant je me souviens. Ce médicament n'était pas disponible chez nous, et elle a
cherché un remplacement par mail, mais je crains
qu'elle ne se souvienne pas à qui elle a écrit.", osa dire
la plus jeune.

Baumann désapprouva cette remarque susceptible de porter atteinte à sa réputation: „Vous êtes également responsable de veiller à ce que tout se passe bien quand je ne suis pas là", interposa-t-il. Se tournant vers Laura, il lui expliqua: „Si un médicament n'est pas en stock, nous le commandons au centre qui le livre directement au client."

„Jusqu'à quand peut-on passer des commandes pour une livraison le même jour?"

„Jusqu'à 15 heures. Autrement, la livraison est effectuée le jour suivant."

„Et en cas d'urgence ou si le client veut voyager?"

„Le meilleur endroit où aller est la pharmacie de l'hôpital cantonal."

„Ce n'était pas le cas. Les sprays ont été livrés, juste un peu plus tard que d'habitude, comme me l'a dit la secrétaire de Sutter."

„Alors un bon esprit doit avoir téléphoné dans toute la ville et une autre pharmacie a fait la livraison."

Laura aurait bien aimé savoir quel esprit maléfique avait saisi cette occasion pour ajouter de la capsaïcine au médicament.

Sur le chemin du bureau, Laura prit un tonique dans un bar pour réfléchir à la situation. Le médicament avait été commandé à la pharmacie Paracelsus. Il n'avait pas été en stock et , comme c'était trop tard pour le commander au centre de distribution, on l'avait cherché dans une autre pharmacie. En tout cas, il avait été livré quelques heures plus tard. Il était fort probable que la capsaïcine avait été introduite dans le tube dans ce laps de temps. L'autre possibilité, que quelqu'un à la 'Paracelsus', qui savait que Sutter avait commandé son spray à cet endroit, aurait préparé le mélange mortel à l'avance et livré son médicament fatal avec la commande suivante pouvait pourtant pas être exclue. Quoi qu'il en soit, il était essentiel de trouver qui avait effectué cette livraison.

Laura préférait l'hypothèse que la recherche d'un spray contre l'asthme avait donné au meurtrier en veilleuse d'empoisonner le médicament et de le livrer à son ennemi. Elle doutait que la manipulation fatale n'ait été faite qu'après que Sutter ait reçu le spray. Elle soupira. Beaucoup de suppositions non prouvées! Même le motif du meurtre n'était pas clair. Certes, plusieurs personnes allaient profiter financièrement de la mort de Sutter, mais jusqu'à présent, elle n'avait pas trouvé de preuves permettant d'identifier une personne en particulier. Céline profitait énormément, mais Laura ne voyait pas en elle une meurtrière calculatrice.

Il y avait d'autres motifs possibles. Otto Egli, qui avait été sommairement licencié, aurait pu avoir envie de se venger. L'implacable activiste des droits des animaux Gerber était assez fanatique pour lancer des bombes incendiaires. Toutefois, les deux hommes n'avaient guère une occasion de mettre la main sur le spray contre l'asthme.

Elle n'avait pas trouvé de motifs sentimentaux convaincants non plus. La clique permissive dont Sutter faisait partie semblait faire peu de cas des aventures et des changements de partenaires. Il devait quand même parfois y avoir eu des déceptions. En tout cas, même le polyvalent Sutter était tombé amoureux et, d'une manière ou d'une autre, la relation s'était à nouveau brisée. La possibilité qu'une femme abandonnée attende plus de deux ans avant d'envoyer son amant perfide dans l'au-delà semblait pourtant improbable. Il en allait de même pour les hommes jaloux, auxquels Sutter avait volé leur petite amie, ce qui s'était probablement produit à plusieurs reprises. Laura renifla. Elle ne savait pas comment se sortir de ce pétrin, mais elle ne pouvait pas abandonner.

Elle commanda un expresso et essaya de se détendre, mais ses pensées dérivèrent à l'affaire Straub. De toute évidence, le jeune pharmacien s'était suicidé. Elle avait reçu le rapport de la médecine légale. Il n'y avait pas la moindre blessure au corps qui aurait indiqué une agression. Du pentobarbital avait été trouvé dans son corps et dans la bouteille qui se trouvait à côté. En outre Straub avait pris un sédatif puissant, ce qui indiquait qu'il avait soigneusement planifié son suicide. Pourtant, il manquait une lettre d'adieu. On pouvait supposer que Straub avait écrit à sa sœur, mais il était incertain qu'elle ait encore la chance d'ouvrir sa boîte aux lettres. Elle était peut-être morte dans la jungle. Il pouvait s'écouler des mois avant qu'un message du Congo n'arrive.

Entretemps, il y avait d'autres témoins qu'elle devait interroger. Elle passa deux appels téléphoniques en vain. Le téléphone portable d'Egli était éteint et à la société BioEnds personne ne répondit à l'appel, donc Ward lui aussi restait inatteignable. Si elle ne pouvait pas le joindre bientôt, elle demanderait aux collègues de Bâle de le localiser. Elle espérait que la conversation avec Jaccard éclairerait au moins les relations d'affaires de Sutter.

~

Un peu avant quatre heures, Laura était assise dans le bar Au Premier de la gare centrale, attendant l'investisseur. Comme promis, il était ponctuel à la minute près – et impossible à manquer. Laura lui fit signe. Il s'assit avec elle et regarda le verre de vin. „Quel plaisir, un interrogatoire au vin blanc. Que buvez-vous?"

„Pinot gris de Schinznach."

„Pareil pour moi, s'il vous plaît", passa Jaccard sa commande au serveur. „En quoi puis-je vous être utile?"

„C'est à propos du meurtre de M. Sutter. Ce n'est pas un interrogatoire. Je vous consulte en tant que connaisseur de la recherche biomédicale. J'espère que vous me renseignerez sur ses activités commerciales, en particulier celles où il aurait pu se faire des ennemis."

Jaccard répondit sans hésiter. „Fred était un honnête homme d'affaires et très fiable. Le premier investisseur n'a aucune raison de se plaindre, bien que sa part des bénéfices ait considérablement diminué parce que Céline et moi avons investi de l'argent frais. Il est heureux de ne pas avoir à amortir complètement son investissement." Jaccard réfléchit brièvement avant d'ajouter: „Sinon, j'ai seulement appris qu'un certain John Ward à

Bâle a essayé de soutirer de l'argent à la 'KOKI' avec des privilèges fictifs, mais c'était à la fin du mois de novembre. En décembre, Ward a été accusé de chantage par une entreprise pharmaceutique bâloise et est immédiatement parti pour l'Amérique. Sa 'BioEnds' n'existe plus – si jamais elle a existé vraiment et n'était pas seulement une façade pour son sale boulot.

Pensive, Laura caressait ses cheveux avec ses doigts. Ward n'avait aucun intérêt à se débarrasser de l'homme à qui il voulait extorquer de l'argent, et puisqu'il était déjà en Amérique pendant la période critique, il lui aurait été impossible de planter un spray manipulé sur Sutter. Une autre voie morte. Elle devait se concentrer sur le but de la présente réunion et se renseigner sur l'avantage que Jaccard tirait de la mort de Sutter, mais elle ne savait pas comment aborder ce problème délicat.

„Vous pouvez demander sans gêne, les investisseurs ont la peau dure." Jaccard avait bien compris le silence de Laura.

„Suite au décès de Sutter la 'KOKI' et l'argent privé qu'il y avait investi reviennent à votre connaissance Céline. Sinon, la veuve de Sutter aurait fermé la start-up immédiatement."

„J'aurais racheté sa part et Céline aurait pu continuer à travailler", objecta Jaccard et ajouta: „À propos, j'avais proposé à Sutter de lui rembourser ses investissements privés, mais il a préféré la solution actuelle. Il ne faut pas oublier que c'est un investissement prometteur. À part ceci, je crois qu'il voulait céder le moins d'argent possible à sa femme, qui avait demandé le divorce. Il n'a certainement pas pensé qu'il allait mourir si prématurément. Il avait la ferme intention de mener à bien ses projets."

Le gros homme leva les mains, impuissant, puis revint à la question de Laura: „Personnellement, je ne profite pas de la disparition de Sutter. Ma part des bénéfices restera la même. Je m'étais intéressé à la 'KOKI' bien avant de rencontrer Céline, et je me suis engagé en tant qu'investisseur parce qu'ils ont des projets prometteurs. Le fait que j'ai rencontré par hasard la cousine de ma femme – Éliane et moi nous sommes mariés la semaine passée – a seulement accéléré les choses. L'argent que j'ai prêté à Céline pour qu'elle puisse s'associer à la société est un prêt en famille, sans intérêt. Je pense que je ne le récupérerai que si la 'KOKI' fait des bénéfices, et cela aurait été plus probable avec Sutter que sans lui. C'était un excellent chercheur et un homme d'affaires futé." Il regarda Laura et comme elle ne disait rien, il ajouta: „Sa mort est tragique. Céline m'a raconté la cruauté avec laquelle il a été assassiné. Pour moi, cela ressemble à un acte émotionnel."

Aussi Laura préférait cette possibilité, mais elle ne voulait pas étaler ses arguments. Elle regarda son verre vide, et Jaccard fit signe au serveur d'en servir deux nouveaux. „Chez les Romands, on aime dire dans un tel cas: Oh, une mouche est tombée dans mon verre … „

„ … et elle s'est cassé une jambe", compléta Laura ce dicton qu'elle avait entendu lorsqu'elle était étudiante à Lausanne.

Bien sûr, Jaccard voulait savoir pourquoi elle connaissait si bien la Suisse romande, et ils bavardaient de façon animée. Quand le serveur apporta le vin, Jaccard regarda sa montre, bondit, jeta un billet de cent francs pour la consommation sur la table et donna un bisou sur la joue à la commissaire. Il lui restait juste quatre minutes pour attraper le train de 17h03 pour Genève.

Laura trouva dommage de laisser le bon vin en plan. Elle sirotait son verre tranquillement en essayant de mettre de l'ordre dans le peu d'informations qu'elle avait reçues. Jaccard n'avait pas de motif valable pour éliminer Sutter, et il ne voyait pas non plus des motivations commerciales d'éventuels concurrents, bien qu'il connaisse bien l'environnement. Il n'avait même pas commenté l'avantage que Céline tirait de la mort de Sutter. Il pensait certainement qu'elle était incapable de tuer, et d'ailleurs, elle faisait maintenant part de sa famille. Aussi Laura appréciait Céline, mais elle ne pouvait pas la retirer de la liste des suspects pour autant. Elle décida de parler à Céline bientôt. Elle pouvait lui demander d'expliquer ses recherches et, par la suite, il y aurait certainement une occasion de discuter du meurtre. Peut-être que des indices inattendus apparaitraient. Elle pouvait faire cette visite tout de suite. Elle appela Céline et il se trouvait qu'elle était libre et pouvait rencontrer Laura immédiatement.

~

Lorsque la commissaire sonna à la porte du laboratoire de recherche, elle craignait que la conversation avec Céline ne devienne plus que détendue. Elle avait aussi bu le verre que Jaccard n'avait pas encore touché.

Céline la salua amicalement et la conduisit dans le fumoir, où un projecteur et un écran coulissant étaient à disposition. Après le café, dont Laura aurait aussi bu deux, Céline lui présenta ses projets en cours. Elle présenta d'abord la navette pour gènes et expliqua combien le transfert de gènes et la recombinaison génétique étaient simplifiés par cette approche. Puis elle aborda le délicat sujet d'Egli, qui avait falsifié des résultats qui prouveraient que le transport de gènes fonctionne aussi chez les mammifères. Céline avait le don d'expliquer les choses simplement et Laura pensait avoir tout compris correctement, mais lentement, elle devenait fatiguée.

„Puis-je avoir un autre café? Je reviens d'une réunion avec le financier Jaccard, qui vous envoie ses meilleures salutations. La conversation n'a été que brève, mais nous avons bu assez de vin", ajouta Laura en guise d'excuse.

„S'il était resté plus longtemps, vous auriez probablement dû boire davantage", commenta Céline en riant. Elle servit le café et continua à expliquer ses recherches. Elle avait construit des navettes qui s'amarraient spécifiquement aux cellules de la peau et avait effectué des tests préliminaires sur des cultures de cellules normales et tumorales. On savait que les cellules tumorales possédaient outre les récepteurs habituels du signal de croissance, aussi des variantes absentes de la surface des cellules saines. Comme prévu, la protéine de transport avec le signal général entrait dans toutes les cellules. Cependant, la variante avec le ligand qui réagissait uniquement avec les récepteurs spécifiques, n'était absorbée que par les cellules tumorales[9].

Récemment, Céline avait utilisé ces deux navettes pour introduire un gène Bcl2, qui provoquait la mort des cellules, dans des cultures cellulaires. Traitées avec la

---

[9] IX Ciblage de cellules tumorales

navette non-spécifique, transportant le gène mortel dans toutes les cellules, presque toutes mouraient. Avec la protéine de transport sélective, seules les cellules tumorales étaient éliminées alors que les cellules normales survivaient. Ces résultats étaient prometteurs, mais certains problèmes critiques devaient encore être résolus. D'autres laboratoires avaient montré que des hautes concentrations de la protéine Bcl2 pouvaient induire une augmentation de la division cellulaire. L'expression de ce gène devait donc être soigneusement dosée. En outre, il fallait s'assurer que la navette n'entre pas dans d'autres cellules du corps et les tue.

Pour éviter de tels problèmes, Céline avait testé une approche différente. Elle consistait à ne pas tuer les cellules, mais à contrôler leur prolifération. Il était connu que de nombreuses cellules cancéreuses se divisaient sans inhibition parce que leur gène P53 était défectueux. En insérant un gène P53 fonctionnant normalement, la croissance pouvait être contrôlée. Céline avait mené des expériences correspondantes sur des cultures cellulaires et obtenu des résultats prometteurs. Elle voulait maintenant tester la procédure sur des souris souffrant d'un cancer de la peau.

Laura était impressionnée et aurait aimé savoir ce qu'il restait à faire avant que de tels traitements puissent être appliqués aux humains. Pour le moment, elle se limita cependant à la demande: „Présumons que vos projets aboutissent à une procédure médicalement applicable. Ceci peut rapporter des millions. De tels traitements ne deviendront-ils pas inabordables pour le commun des mortels?“

Céline se gratta le front. „En effet, c'est un point délicat. Cependant, je ne pense pas que le coût de la recherche et du développement pratique pèse lourd pour des centaines de milliers d'applications. De plus, dans de nombreux cas, la même construction génétique peut être utilisée pour produire une protéine et aussi pour corriger un gène défectueux. Cela maintient les coûts de développement dans certaines limites. Par contre, si des analyses et des constructions génétiques individuelles sont nécessaires pour réparer des dommages génétiques, cela risque d'être coûteux. Indépendamment du coût de développement, l'industrie pharmaceutique fixe le prix des médicaments ou traitements au plus haut niveau possible. Médecine pour les riches – traiter un patient pour dix millions plutôt que dix mille pour mille francs. Céline renifla puis suggéra soudain: „J'ai faim, je n'ai rien mangé aujourd'hui. On va grignoter quelque chose?“

„Avec plaisir. J'ai aussi jeûné à midi et seulement bu trop de vin“, convint Laura.

„Je vous ai déjà demandé si, en tant qu'inspectrice de police, vous pouviez vous asseoir à la même table qu'un suspect.“

„Tant que nous réglons la facture séparément et que je fais un rapport par la suite, personne ne peut m'accuser d'accepter des pots-de-vin“, objecta Laura. „Connaissez-vous un restaurant agréable à proximité?“

„Plusieurs. Ce soir, il fait encore un peu trop froid pour s'asseoir à côté dans le jardin de Mme Gerold. Je suggère d'aller au petit restaurant Più, près du Schiffbau. J'y mange souvent de la pizza.“

Céline ferma soigneusement le laboratoire et ils partirent.

Il y avait de nombreux restaurants et bars dans le quartier, et les rues étaient animées. Près de la 'Prime Tower', les deux femmes furent approchées par deux hommes ivres: „Bonsoir, où vont ces jolies quatre pattes? Allons-nous prendre un verre ensemble?"

Laura ne réagit pas, mais Céline se retourna et regarda le jeune homme de façon désobligeante. „Va te laver, puis tu peux réessayer."

L'insulte fut mal tolérée. „Fais attention à ce que tu dises." Le voyou fit quelques pas rapides vers Céline.

Laura s'apprêta à intervenir, mais Céline tendit un petit vaporisateur noir sous le nez de l'adversaire, le doigt sur la gâchette. „Sois bon – ou as-tu envie de sniffer du poivre?"

„Vache stupide!" L'homme fit un rapide pas en arrière et disparut avec son copain.

Laura était irritée qu'un des suspects possibles dans le meurtre de Sutter manipule avec du spray au poivre avec une telle insouciance. „Avez-vous toujours du spray au poivre sur vous?"

„Spray au poivre?" demanda Céline en riant. „C'est juste mon déodorant Dior. Un petit bluff, mais ça marche bien." Puis elle comprit pourquoi Laura avait posé cette question. „Je n'ai vraiment pas pensé à ce pauvre Fred en ce moment, sinon je ne me serais pas permis de m'amuser et je vous aurais laissé le soin de régler les choses."

Le feu de signalisation au passage pour piétons de la Pfingstweidstrasse était au rouge. Dès qu'il passa au vert, Céline avança. Un moteur hurla et une petite voiture de sport, qui avait attendu devant le feu rouge, lui fonça dessus. Laura réussit à attraper Céline par le collier et à la tirer sur le trottoir. Les deux tombèrent au sol. La voiture fit un petit virage vers elles, dérapa, et frôla un poteau routier jaune et noir Puis elle disparut à pleine vitesse.

Laura s'était redressée un peu et put constater que la voiture était une biplace sportive, mais ce n'était pas une Audi TT. Si l'allusion moqueuse de Céline, qu'elle pourrait être écrasée par une voiture, était presque devenu un fait, elle s'était trompée d'auteur présumé, à moins que Sandau n'ait utilisé une voiture de location.

Entre-temps, Céline s'était relevée et aida Laura à se mettre debout, „Merci! C'était moins une. Je ne pensais pas qu'Otto serait capable d'un tel acte.“

„Otto? Pensez-vous que c'était Egli?“

„J'en suis presque sûre. En tout cas, il conduit une Mazda M5 bleue comme celle-ci. Je la connais bien. Elle était stationnée tous les jours devant notre laboratoire. De plus, cette voiture avait des taches blanchâtres, comme celle d'Otto, que l'ami des animaux a aspergée d'acide chlorhydrique. Je n'ai pas pu lire les chiffres. Tout s'est passé un peu trop vite.“

„Connaissez-vous l'adresse d'Egli?“ Céline fournit les indications demandées. Egli habitait à Wipkingen, tout prés d'où elles se trouvaient. Probablement, il était venu de l'autoroute pour rentrer chez lui. Laura prit son téléphone portable et composa un numéro mémorisé. „C'est Laura, ciao Peter. Peux-tu envoyer une voiture de patrouille chez Otto Egli au 24, Kyburgstrasse à Wipkingen? Il a essayé d'écraser une femme qui se promenait avec moi. Nos collègues doivent l'arrêter et vérifier en même temps si sa voiture est endommagée du côté droit. Elle expliqua ce qui s'était passé et demanda d'envoyer l'équipe scientifique pour qu'ils essayent de récupérer des traces de peinture du poteau frôlé. „Cette attaque est en relation directe avec le meurtre de Fred Sutter, sur lequel je travaille. Je veux interroger Egli demain, s'ils l'attrapent. Sinon, tu lances un avis de recherche. Tiens-moi au courant, tu peux m'appeler à tout moment.“

Laura raccrocha et demandé à Céline: „Vous n'avez pas perdu votre appétit?“

„Cette aventure m'a quand même pris à l'estomac“, avoua Céline d'un air penaud. „Je ferais peut-être mieux de ne prendre qu'une glace.“

~

À la pizzeria, les deux femmes prirent place à la dernière table libre et dégustaient leur café glacé. Quand elles s'étaient calmées, l'appétit revint et elles commandèrent deux pizzas et du Primitivo rouge. Lors du toast, Laura suggéra: „Suspect principal ou non, comme survivantes d'un attentat, nous pourrions quand même nous tutoyer.“

„A la femme qui m'a sauvé la vie!“

Les pizzas étaient bonnes et disparurent vite. Laura était étonnée de voir Céline manger avec plaisir, et se demandait comment elle pouvait rester aussi mince.

Céline posa son couteau et sa fourchette et s'essuya la bouche. „Le dessert avant le plat principal, pas mal du tout“, remarqua-t-elle, „mais le café, nous le prenons à la fin, comme il se doit.“

„Pourquoi ne pas fumer une cigarette d'abord et prendre le café ensuite", proposa Laura. En sortant, elle demanda: „Cela te dérange qu'il ne soit plus permis de fumer dans les restaurants?"

„Dans un restaurant, ça me convient. Dans les friteries qui sentent la vieille huile, c'est plutôt ridicule, et dans les bars et les clubs de jazz, c'est mauvais pour l'atmosphère – en tout cas pour moi."

Ils faisaient quelques pas sur la place et Céline reprit le sujet: „Même si j'accepte des restrictions raisonnables, la campagne antitabac est un chiffon rouge pour moi. Ces types adorent piétiner des minorités. Ils sont aussi bornés que ce militant des droits des animaux, Gerber. Jusqu'à présent, il est 'seulement' interdit de fumer dans les bâtiments publics et les restaurants. Maintenant, ces fanatiques veulent imposer une interdiction générale de fumer dans les gares – et même sur les quais ouverts. En même temps, il y a plein de friteuses dans toute la gare et on sent la mauvaise huile jusqu'à Genève. Ce n'est pas la fin de l'histoire. La ligue veut aussi interdire de fumer près des écoles, sur les terrains de jeux, sur les plages et dans les voitures. Toutefois, les mamans sont toujours autorisées à conduire leurs enfants à l'école dans un 4×4 de trois tonnes."

Céline avait pris de la vitesse et poursuivit sans détour: „La presse entretient le feu en diffusant des statistiques douteuses sur la nocivité du tabagisme passif. Ils n'ont pas le choix s'ils veulent continuer leur propagande, car il n'existe guère de statistiques sérieuses à ce sujet. Pour ne citer qu'un exemple, un médecin en quête de validation a affirmé dans une 'étude' que le cancer du poumon parmi le personnel des bars de Chicago aurait régressé de 40 % – six mois après l'introduction de l'interdiction de fumer aux bars! Un médecin devrait quand-même savoir à quel point le cancer se développe lentement. Les statistiques sont trop souvent un simple outil de propagande et sont manipulés sans gêne. En Europe, on prétend que les fumeurs coûtent au système de santé des sommes énormes, alors qu'en Amérique, on suppose qu'ils coûtent moins cher parce qu'ils meurent plus tôt. Je ne supporte pas des données manipulées, que ce soit dans la campagne antitabac ou dans les documents de vote. Je déteste quand le public est pris pour des imbéciles."

Céline prit du souffle et conclut: „Pas mal de politiciens participent à cette campagne car ça leur rapporte des votes des non-fumeurs. En tout cas, certains de ces croisés sont parvenus jusqu'au Conseil national et au Conseil des États. Néanmoins, les producteurs de tabac reçoivent toujours des paiements directs du gouvernement fédéral. Il semble que l'État se préoccupe moins de la santé que de tester dans quelle mesure les citoyens peuvent être chicanés sans broncher.

Laura s'amusa secrètement de la 'râleuse Genevoise', comme ses camarades lausannois appelaient parfois leurs voisins rebelles. Elle aussi avait le sentiment que certains de ces militants se comportaient comme des chasseurs de sorcières. Néanmoins, elle interposa une question critique: „Veux-tu dire que fumer n'est pas nocif?"

„Le tabagisme actif est certainement malsain, même si les faits sont souvent tellement frisés que, aujourd'hui, un fumeur doit se sentir coupable qu'il ne soit pas encore mort de cancer."

Ils rentrèrent au restaurant et prirent du café. Le téléphone de Laura sonna. Elle écoutait en silence et informa ensuite Céline: „C'était le centre des opérations. Egli n'est pas rentré chez lui, mais la recherche est en cours. Pour toute éventualité, je t'accompagne chez toi. Il est possible qu'il te guette.“

„Tu n'as pas peur? Otto est assez costaud, et comme nous venons de le voir, pas aussi lâche que je le pensais.“

„Je suis assez doué pour le combat au corps à corps et, si nécessaire, je sais comment faire du mal. De plus, Je suis armée – ce qui est pourtant tout à fait inutile. Pour un policier, il vaut mieux de se faire tuer que de tirer sur un agresseur. Cela donne toujours lieu à de belles diatribes dans les médias – et les tribunaux ne sont guère mieux. Récemment, un policier a été condamné à une amende parce qu'il a roulé trop vite lors d'une poursuite!“

Céline sourit, mais elle était occupée par autre chose: „Cette attaque ne convient pas à Otto. Il a probablement déconné parce qu'il n'a pas trouvé de travail. En effet, il n'a pas suffisamment de résultats pour trouver un bon poste de chercheur, et un départ soudain d'un projet en cours est toujours suspect.“ Elle soupira: „Je me sens coupable. Il a été mis à la rue à cause de moi, et je ne veux pas qu'il ait des ennuis avec la justice à cause de sa stupide action ce soir. Peux-tu annuler la chasse à l'homme?“

„Une attaque aussi dangereuse sera poursuivie même si aucune accusation n'est portée. Pour couvrir une telle brèche, je n'aurais pas dû dire à la centrale ce qui s'est passé. Il est trop tard maintenant. Je pense qu'Egli devrait assumer la responsabilité de son dérapage, et après tout c'est lui qui a commis le faux scientifique, pas toi."

Pour distraire un peu Céline, Laura reprit le sujet de la science: „Que penses-tu des manipulations génétiques visant à changer les êtres vivants? Il semble que l'on a enlevé quelques gènes à un organisme et il est toujours viable."

„Juste, le génome d'un champignon appelé Mycoplasma a été simplifié de cette manière il y a 15 ans déjà. Récemment, des chercheurs de Cambridge ont remplacé chaque codon du génome de la bactérie E. coli par un codage pour le même acide aminé. Grâce à la dégénérescence du code génétique, les protéines restent inchangées. Si tu veux, c'est un peu ludique, Mais des simplifications génomiques et surtout des adjonctions de gènes peuvent produire de nouvelles fonctions. Bien qu'aucun nouvel être vivant ne soit créé, la critique est féroce. On dit que les scientifiques essaient de jouer à Dieu. Certes, il arrive qu'un rat de laboratoire gris veuille aussi se trouver au centre de l'intérêt pour une fois, mais de telles manipulations peuvent aussi conduire à un résultat positif. Il serait par exemple utile de disposer de bactéries qui décomposent le plastique. Bien sûr, la prudence est toujours de mise. Imagine ce qui arriverait si de telles bêtes s'échappaient et dévoraient nos téléphones portables et nos ordinateurs!"

Céline sourit et fit un signe de la main apaisant. „Une petite plaisanterie … mais sérieusement, la prudence s'impose, bien que dans la nature, les changements spontanés du génome se produisent tout le temps. Beaucoup d'entre elles sont mortelles, certaines n'ont aucun effet, d'autres peuvent modifier l'apparence, et seule une infime partie offre un avantage. De tels changements peuvent donner lieu à de nouvelles caractéristiques qui conduisent lentement à la formation de nouvelles espèces. C'est cela l'évolution. Sans elle, nous n'existerions pas." Laura ne s'y opposant pas, Céline ajouta: „De toute façon, les chercheurs essaient de développer de nouvelles techniques, mais c'est la société qui décide si et à quelle fin elles sont utilisées. C'est la même chose avec la police. Vous arrêtez les criminels, mais ce sont les tribunaux qui décident de la sanction."

Ils discutaient longuement de leurs professions, si différentes à première vue, et constatèrent qu'il y avait de nombreuses similitudes entre la recherche scientifique et l'enquête criminelle: observer de près, poser des questions concrètes, analyser les résultats de manière critique et enfin formuler et tester une hypothèse.

„Il n'y a qu'une chose qui est plus facile pour vous, les criminologues, que pour nous, les chercheurs", fit remarquer Céline: „Si vous arrêtez quelqu'un, l'affaire est réglée pour vous. Dans la recherche, nous savons qu'une conclusion peut sembler raisonnable à l'heure actuelle, mais elle doit être constamment révisée."

„Si seulement c'était le cas", ricana Laura. „Pense aux personnes qui sont innocemment en prison, ou aux criminels acquittés à cause d'un vice de forme ou pour une autre raison inexplicable. Nous aussi, nous faisons souvent un travail de Sisyphe. Imagine que le Tribunal fédéral suisse ait récemment déclaré illégale la recherche de concordance, c'est-à-dire la comparaison d'une certaine trace d'ADN avec des données obtenues dans d'autres crimes. C'est, semble-t-il, une violation de la vie privée!

Apparemment, chacun qui viole ou tue doit pouvoir compter sur la discrétion de l'État."

Le téléphone de Laura sonna. Le centre d'opérations rapporta qu'Otto Egli avait été arrêté à la douane de Bâle lorsqu'il tenta d'entrer en Allemagne.

„Il serait probablement allé à Francfort, serait resté à son hôtel, aurait fait réparer sa voiture et m'aurait appelé dans quelques jours pour me dire qu'il venait de rentrer à Zurich." Bien que Laura l'ait dit avec un sourire, elle se demanda comment elle aurait pu prouver le contraire.

Egli, qui avait été arrêté à Bâle la veille, n'avait pas encore été transféré, mais devait arriver à Zurich vers midi. Laura eut encore le temps à consulter le courrier. Swissmedic n'avait pas encore donné de réponse. D'autre part, le ministère des Affaires étrangères avait envoyé de bonnes nouvelles: Doris Straub et le médecin suisse étaient réapparus à Kisangani vivants, bien qu'en mauvaise santé. Mme Straub devait être rapatriée dans les prochains jours et contacterait le service d'enquête criminelle de Zurich dès son arrivée. Un rapport rédigé par les survivants était joint:

Kisangani, le 18 mars 2019

Rapport sur l'attaque d'Avakubi

Notre équipe dans l'Est du Congo s'était rendue à Avakubi pour vérifier si l'épidémie d'Ebola, qui sévit dans différentes parties de la province, avait atteint cette région. Heureusement, les résultats obtenus jusqu'à présent sont négatifs.

Dans la soirée du 3 février, nous, Doris Straub et Moritz Lenz, étions assis au bord de la rivière Aruwimi, un peu en dessous du village, lorsque trois pirogues sont descendues le fleuve et ont atterri pas loin de nous. Une vingtaine d'hommes en sont sortis, ont poussé les bateaux des villageois dans la rivière et ont pris d'assaut le village. Peu de temps après, nous avons entendu le bruit de mitrailleuses et des cris désespérés. Nous ne pouvions pas retourner à l'endroit où se trouvait notre voiture. La seule issue possible était la rivière, mais à cause des nombreux crocodiles, nous n'osions pas la traverser à la nage.

Heureusement, les assaillants n'avaient pas laissé de garde près de leurs bateaux. Nous avons arrimé les pirogues des agresseurs ensemble et nous avons ramé jusqu'au milieu de la rivière où nous avons détache notre bateau des autres. Soudain, nous avons entendu un tumulte. Les rebelles avaient découvert la perte de leurs bateaux et se criaient dessus. Puis un seul coup de feu a été tiré. Nous supposons qu'il était destiné au garde-bateau, qui avait préféré participer au pillage et aux viols au lieu de garder la petite flotte.

Le moteur hors-bord était inutilisable, parce qu'il n'y avait pas d'essence dans les réservoirs. Nous avons détaché notre pirogue et l'avons maintenue dans le milieu du fleuve en ramant. Sur de longues distances, le courant était si faible que nous n'avancions pratiquement pas. La nuit, nous étions assaillis par des milliers de moustiques. Nous n'avions rien à manger et nous buvions de l'eau de la rivière. Après quatre jours, nous avons atteint un gué près de Mobo où nous avons pu acheter de la nourriture. Deux jours plus tard, un commerçant nous a emmenés à Kisangani avec son camion.

Moritz Lentz et Doris Straub

Laura était bouleversée. Le terrible bain de sang au Rwanda ne signifiait pas la fin des souffrances. Des nombreux réfugiés étaient encore bloqués dans des camps au Congo voisin. Les villages de la région étaient terrorisés par des voleurs et des rebelles de diverses origines, et en raison de la situation d'insécurité, l'épidémie d'Ebola ne pouvait pas être combattue correctement.

~

Il frappa à la porte, et un policier informa Laura qu'Egli était arrivé et l'attendait. Laura le laissait mijoter un peu, avant d'aller dans la salle d'interrogatoire. „Bonjour, M. Egli.“

Malgré sa nervosité, le détenu se montra agressif: „Pourquoi suis-je arrêté à Bâle au milieu de la nuit et amené à Zurich comme un criminel? Je n'ai rien fait de mal. On peut tout au plus m'accuser de ne pas avoir pu appeler une certaine Crameri ici pour organiser une rencontre.“

„La certaine Crameri, c'est moi, et je me demande pourquoi vous avez passé la douane dans le mauvais sens en rentrant de Francfort à Zurich.“

„Ce n'est l'affaire de personne et ce n'est pas une infraction pénale.“

„Assez de ce stupide jeu! Vous avez été arrêté pour avoir tenté de renverser une ancienne collègue sur le passage piéton près de la 'Prime Tower' la nuit dernière.“

Egli la regardait avec de grands yeux. „C'est incroyable. Céline prétend donc que j'ai essayé de l'écraser? La misérable salope menteuse! Non seulement elle a détruit ma carrière scientifique avec de fausses accusations, mais elle veut aussi me mettre en prison. J'espère que vous ne prenez pas ce genre de calomnie au sérieux!“

Le type était capable de mentir, et Laura décida de cacher pour l'instant le fait qu'elle avait assisté à l'attaque. „Si vous pouvez m'expliquer comment des traces de peinture de votre voiture sont arrivées à un poteau de signalisation routière à Zurich, lorsque vous étiez en Allemagne, ce serait très pratique pour vous.“

Egli eut évidemment du mal à trouver une explication crédible, et Laura se permit le plaisir de suggérer: „Vous avez prêté votre Mazda à un ami. Il vous a appelée et vous a avoué qu'il avait causé un accident à Zurich. Vous êtes ensuite venu en train de Francfort à Zurich en moins d'une heure et avez récupéré votre voiture pour la faire réparer en Allemagne à un prix avantageux.“

Egli la regarda avec reproche. Il avait évidemment pensé à une excuse de cette sorte, mais réalisa que ce n'était pas crédible. Il insistait alors sur sa prétention que Céline avait inventé la tentative d'assassinat pour lui nuire.

„Vous avez oublié les traces de peinture sur le poteau. Le service technique prouvera que la peinture provient de votre voiture“, insista Laura.

„Il y a beaucoup de Mazda bleues“, répondit Egli avec défi, mais soudain son courage le quitta. Il rongea ses lèvres, tambourina nerveusement sur la table et finit par céder: „J'ai été impliqué dans l'accident, mais je n'ai jamais eu l'intention de tuer Céline. J'étais sur le chemin du retour. Puis cette vache piétine la route à un feu rouge. J'ai eu du mal à l'esquiver et j'ai heurté le pilier. Ensuite, j'ai perdu mon sang-froid et je me suis enfui.“

„C'est un peu mieux, mais ce n'est toujours pas la vérité“, fit remarquer Laura. „Vous êtes parti en trombe au moment où Céline s'est engagée sur le passage à niveau au vert.“

„Et vous la croyez? C'est un mensonge vicieux!“

„Attention, vous insultez un officier. C'est ma déclaration. J'étais là.“

Egli ne savait pas quoi dire et regardait terne. Laura se souvint de l'évaluation de Céline selon laquelle Egli était comme un enfant qui croyait à ses propres mensonges, et elle avait peur qu'il se mette à pleurer. En effet, les yeux d'Egli devinrent humides et il bégaya impuissant: „Je n'ai pas trouvé de travail en Allemagne et je suis rentré chez moi. Au passage pour piétons le feu était rouge et je me suis arrêté. Par hasard, juste en ce moment, Céline voulait passer la rue. Je ne sais pas ce qui m'est arrivé, mais j'ai appuyé sur l'accélérateur – un réflexe. Je n'ai jamais eu l'intention de la tuer! Fort heureusement, quelqu'un l'a arrachée sur le trottoir – c'était probablement vous.

Laura renonçait à remarquer qu'Egli avait encore braqué en direction de Céline. Un léger dérapage lors d'un départ de foudre n'était pas inhabituel. De plus, le pécheur n'en avait pas encore fini avec ses excuses.

„Vous ne pouvez pas me mettre de préméditation. Je ne pouvais pas savoir que Céline sortirait du laboratoire à cette heure de la journée et qu'elle allait traverser la Pfingstweidstrasse. D'habitude, elle se rend à l'arrêt du tram de l'autre côté de la Nordstrasse. Imaginez le concert de klaxons qui se serait produit si je m'étais arrêté pendant quelques heures au milieu de la rue pour attendre ma victime.“

Sur ce point, Laura devait être d'accord avec lui: „Il y a quelque chose dans cette objection. Vous devrez en discuter avec le procureur. En ce qui me concerne, cette affaire est close. Je voudrais vous parler d'autre chose.“ Laura se leva. „Je vais chercher du café et vous pourriez réfléchir à ce que vous pouvez me dire sur le meurtre de Sutter. C'est pourquoi je vous ai contacté il y a quelques jours. Je reviens tout de suite. Vous avez un peu de temps pour devenir un témoin, mais ne me mentez plus ou vous redeviendrez rapidement un accusé."

L'interrogatoire ne donna rien de nouveau. Egli avait l'intention de travailler à la 'KOKI' encore pour longtemps. Il s'entendait bien avec Sutter, jusqu'à ce qu'une petite erreur se produise lors d'une expérience importante, comme il le formulait. „L'expérience a fonctionné, mais Céline a ensuite affirmé que j'avais délibérément fabriqué de faux résultats – juste parce que Bobrow avait par erreur mis des bébés souris d'un autre croisement dans mes cages."

„C'est très différent de ce que vos collègues m'ont dit. Je vous conseille de ne plus mentir. À cause de ces résultats clairement falsifiés, Sutter vous a viré sur le champ, et il avait raison, si vous voulez mon avis. Est-ce la raison pour laquelle vous l'avez assassiné?" Laura perdait patience.

Egli devint pâle et commença à trembler. Cette fois, il n'y avait pas de demi-aveu, mais une question: „Pouvez-vous me dire comment je l'ai tué? Je n'ai aucune idée de la façon dont il est mort."

Pour une fois, Laura eut le sentiment qu'il disait la vérité, mais ne voyait aucune raison de lui dire comment Sutter était mort. Il le dirait peut-être lui-même par accident.

„Je suis vraiment désolé que Fred soit mort", protesta Egli. „De plus, sa disparition signifie une perte possible pour moi. Je lui ai demandé une indemnisation pour mon licenciement sans préavis, qui n'aurait probablement pas été acceptée par le tribunal. Je comptais simplement sur sa générosité. Fred m'aurait certainement un coup de pousse – après tout, nous avons travaillé ensemble assez longtemps. Je ne peux pas attendre un centime de Céline, qui tient maintenant toute la boîte sous ses ongles. Avez-vous envisagé qu'elle aurait pu tuer Sutter? Je ne sais pas ce qui s'est passé à la 'KOKI', mais j'ai entendu dire que la boite est de nouveau en bonne santé financière et que Céline en est la seule propriétaire. Au cas où vous ne le sauriez pas, il pourrait y avoir des millions de profits dans cette affaire.

Laura était indécise sur la façon de continuer. Après tout, Egli avait été viré de l'entreprise quelques semaines avant Noël et ne pouvait pas savoir quand Sutter aurait à nouveau besoin de son médicament contre l'asthme. De plus, il n'avait plus accès au laboratoire et donc aucune possibilité de déposer un spray manipulé. Il était également inutile de l'interroger sur la relation entre Céline, Bobrow et Sutter. Pour lui, les ex-collègues étaient des ennemis qui avaient détruit sa carrière. Ses déclarations n'auraient guère été crédibles.

Il n'y avait aucune raison de poursuivre l'interview. Si d'autres soupçons se manifestaient plus tard, elle pourrait joindre Egli dans la prison d'investigation – s'il n'était pas immédiatement libéré comme ce fut probablement le cas pour le militant des droits des animaux Gerber. Laura était assez indifférente à la question de savoir si et comment il devait payer pour sa dangereuse manœuvre de conduite. Après tout, Céline n'avait pas voulu que cette agression soit poursuivie. Elle voulait au moins dire ceci à Egli: „Vous jugez mal Mme Durand. Elle ne voulait pas que vous ayez à répondre de votre acte idiot et ne veut pas porter plainte contre vous."

„Je peux partir, alors“, était tout ce qu'Egli sut dire.

„Sûr que non. Si vous n'aviez pas fui, vous auriez pu régler l'affaire à l'amiable avec Céline. Maintenant, votre conduite est une infraction officielle. Vous devez répondre au procureur et il vous accusera probablement de tentative d'homicide involontaire. En tout cas, et si vous avez de la chance, vous n'aurez à faire qu'avec la police de la circulation, mais même cela vous coûtera plus que le billet.“

„Des problèmes juridiques ou même un casier judiciaire ne m'aideront pas à trouver un emploi.“ Le ton pleurnichard était de retour. Laura en eut assez de ces jérémiades et dit au policier d'emmener cette mauviette.

Grincheuse, Laura reposait sa tête dans ses mains. L'attaque d'Egli sur Céline n'avait probablement rien à voir avec le meurtre et représentait une perte de temps pour son enquête. Il fallait mieux qu'elle se concentre sur le cas Sutter, mais elle ne savait pas comment s'y prendre. Elle n'avait pas trouvé une seule preuve concrète qui aurait incriminé une certaine personne et n'avait pas pu éliminer aucun suspect d'une de manière définitive non plus. D'après leurs personnages, Mme Widmer, Céline, Gina et Bobrow semblaient incapables de commettre un meurtre, même si Céline avait un motif fort. Le militant des droits des animaux Gerber et le scientifique douteux Egli étaient plus suspects d'un point de vue caractériel, mais ils n'avaient guère l'occasion de manipuler le spray. De plus, Laura doutait qu'ils étaient assez imaginatifs à avoir l'idée tordu d'ajouter du spray au poivre à une médecine pour l'asthme. Elle secoua la tête. Il s'agissait d'évaluations émotionnelles qui n'avaient pas leur place dans un rapport de police.

Avec le style de vie extravagant de Sutter et ses nombreuses conquêtes, il était tout à fait possible qu'un rival frustré lui en ait voulu. Le conseil de Paul de ne pas oublier les aspects émotionnels l'avait renforcée dans cette opinion, mais elle en savait encore moins sur l'entourage privé de Sutter que sur ses contacts professionnels. Elle ne connaissait que Mme Sutter, son amie Gina et sa collègue Céline, et elle n'avait pas le sentiment qu'elles étaient capables de tuer pour des motifs émotionnels. Evita ne semblait pas se soucier de savoir avec qui son mari partageait son lit. D'autre part, elle aurait eu l'occasion de lui filer un spray manipulé pendant qu'il faisait ses valises ou lors d'une visite secrète à Flims. De plus, elle avait un motif fort d'éliminer son mari, si elle soupçonnait qu'il voulait rédiger un testament qui la désavantagerait − et si elle ne savait pas qu'il l'avait déjà rédigé. Elle devait garder un œil sur Evita.

L'étudiante dont Sutter était tombé amoureux n'était probablement pas suspecte, mais Laura n'excluait pas que son compagnon, qu'elle avait planté au Central bar, ait pu avoir des désirs meurtriers. Laura ne pouvait seulement pas imaginer pourquoi il aurait attendu si longtemps pour se venger. Néanmoins, elle devait suivre cette voie. Dès que Gina revenait de sa tournée, elle essayerait d'en savoir plus sur l'amante disparue et son compagnon. Laura avait une idée sur la façon dont elle pourrait rafraîchir la mémoire de Gina.

Pour savoir comment le tueur avait appris que Sutter avait besoin d'un nouveau lot de médicament contre l'asthme, elle devait finalement interroger la pharmacienne qui avait assuré le remplacement à la 'Paracelsus'. Elle n'avait pas encore pu joindre la femme malgré de nombreuses tentatives, mais peut-être était-elle revenue de vacances. Laura composa le numéro et cette fois, l'appel fut pris.

Laura se présenta et alla droit au but: „Le 21 décembre, à la 'Paracelsus', un de vos clients a commandé des sprays contre l'asthme, mais vous n'en aviez pas en stock. Selon vos collègues, il était trop tard pour que le centre de distribution les livre le jour même. Apparemment, vous avez essayé de trouver le médicament ailleurs. Pouvez-vous me dire qui vous avez contacté?"

„Puis-je savoir de quoi il s'agit?"

„Le patient en question est mort parce que du spray au poivre a été ajouté au médicament contre l'asthme."

„Mon Dieu, c'est terrible. J'aimerais vous aider." Un soupir profond annonça que la suite ne serait pas très précise. „Seulement, je ne me souviens pas de qui j'ai demandé. C'était juste trop mouvementé avant Noël."

Laura était tentée de dire que jusqu'à présent c'était le seul fait unanimement confirmé dans cette affaire, mais elle se contenta de demander: „Pourriez-vous me donner une liste des personnes que vous avez contactées?"

„Pour l'instant, je ne m'en souviens vraiment pas, mais je vais essayer de le découvrir. Je vous ferai savoir quand j'y serai."

Laura raccrocha frustrée. Si la remplaçante devait réfléchir aussi longtemps qu'elle avait pris des vacances, elle pourrait attendre quelques semaines avant d'être rappelée. Peut-être Swissmedic avait donné des nouvelles entre-temps – elle n'avait pas encore vérifié la poste. En effet, la réponse tant attendue était arrivée: Le numéro de lot que vous nous avez donné correspond à un double paquet de spray contre l'asthme qui a été livré à la pharmacie Remedium au Niederdorf à Zurich le 15 décembre.

Il était déjà cinq heures, mais les magasins étaient encore ouverts longtemps. Laura voulait se rendre à la ‘Remedium’ immédiatement. L'employé qui prit l'appel mit beaucoup de temps à trouver le patron qui était peu accueillant: „Excusez-moi, de quoi s'agit-il? Je ne donne aucune information tant que je ne sais pas si vous êtes vraiment de la police. Tout le monde peut dire ça au téléphone."

„OK Monsieur, vous restez dans la pharmacie! Dans 15 minutes, je serai chez vous et vous mets ma carte d'identité de la police sous le nez.“

„C'est impossible! Je voulais juste … „

„Dans quinze minutes! À bientôt.“

Brun avait mal pris l'insistance de Laura: „Qu'est-ce que vous voulez de moi? Je vous donne un quart d'heure, pas une seconde de plus.“

Laura sourit amusée. Elle préférait de loin les personnes de caractère aux enfants de chœur pleurnichards comme Egli et Gerber. En quelques phrases, elle expliqua à Brun de quoi il s'agissait: „Un double paquet d'inhalateur pour l'asthme vous a été livré le 15 décembre, et très probablement revendu le 21 décembre. De la capsaïcine a été ajoutée à l'un des tubes et le patient en est mort. Soit la manipulation a été faite dans votre magasin, soit par la personne qui est venue chercher le spray chez vous.“

Le pharmacien était horrifié et avait apparemment oublié son affaire urgente. Il invita Laura dans son bureau et, au passage, demanda à une employée d'apporter du café. Après qu'ils se soient assis, il s'excusa: „C'est terrible. Je ne pouvais pas savoir à quel point votre demande était importante – pour mon magasin et pour toute la corporation des pharmaciens. Bien sûr que je vais vous aider!“ Brun tapa le numéro de lot dans son ordinateur. „C'est exact, livraison le 15 et vente le 21 décembre. Malheureusement, les noms des clients ne sont pas inscrits, mais je vais vérifier avec le magasin. Peut-être que quelqu'un peut se souvenir de cette livraison inattendue. La préparation avait été commandée pour un de nos clients qui en a besoin régulièrement – un double paquet par un ou deux mois, selon le temps. Nous gardons toujours un paquet en stock pour lui. Grâce à sa forte demande, le médicament ne risque pas de dépasser la date de péremption. Si la réserve a été vendue à quelqu'un d'autre, il doit y avoir eu une bonne raison à cela et l'employé concerné doit pouvoir s'en souvenir.“

Brun était sur le point de se lever, mais puis chercha rapidement quelque chose dans son ordinateur. „C'est vrai, le 24, un autre paquet du médicament a été commandé pour notre réserve. Je vais chercher les employées maintenant. En attendant, buvez votre café en toute tranquillité, même si cela prend plus de 15 minutes.“

„J'ai trouvé quelque chose“, rapporta Brun. „Le spray a été vendu par la même employée qui a ensuite passé une commande pour le remplacer. Elle n'est pas là pour le moment, mais sa collègue se souvient vaguement de ce qui s'est passé. Elle sera avec vous dans un instant.“ Il s'assit et prit une gorgée de son café devenu froid entretemps.

„Vous vouliez me voir?“ La jeune femme était visiblement excitée. „Je ne sais pas grand-chose. Ce jour-là, tout était sens dessus dessous. J'ai reçu un appel d'un pharmacien qui cherchait un inhalateur pour l'asthme d'urgence. En tant qu'apprentie, je ne pouvais pas assumer cette responsabilité et j'ai donc transmis l'appel à Ursula. Elle savait que nous avions ce médicament en stock. Quinze minutes plus tard, un gars est venu le chercher.“

„C'était vers quelle heure, et est-ce qu'il s'agissait d'un livreur officiel, et si oui, de quelle société?“

„Le coureur est venu juste avant quatre heures, un jeune en civil, sans casquette ni sac à dos avec inscription officielle. C'était peut-être juste un garçon envoyé par le pharmacien."

Laura était déçue, mais ne le laissa pas paraître. „Encore une question: Vous souvenez-vous du nom de l'homme qui a appelé ou de celui de la pharmacie?"

„Non, il n'a pas mentionné le nom de la pharmacie et il a prononcé son nom d'une manière incompréhensible, quelque chose comme Kocher, Blocher, Sacher. Je me suis demandé s'il parlait délibérément de façon si indistincte, et c'est la seule raison pour laquelle cet appel m'est resté en tête."

„C'est excellent! Vous m'avez beaucoup aidé." L'éloge était un peu exagéré, mais l'apprentie avait une mémoire étonnante. Un mois s'était écoulé depuis cet appel. Laura espérait que la collègue absente avait connu l'appelant et avait répondu si facilement à sa demande pour cette raison. Cela signifiait pourtant qu'elle devait à nouveau attendre jusqu'à lundi, mais désormais elle y était habituée.Elle regarda l'horloge. „Quatorze minutes! Merci pour votre aide précieuse, M. Brun.

Sortie de la pharmacie, Laura appela Kuhn. „Paul, as-tu un vieux morceau de pain et un verre de vin pour moi? Je suis au Niederdorf et je pourrais être chez toi dans dix minutes. J'aimerais discuter avec toi.

„Bienvenue! Je suis sur le point de faire la cuisine et, en tant que célibataire, je prépare généralement une double portion pour avoir une réserve.“ Kuhn hésita et ajouta, embarrassé: „Il aurait été plus charmant de ma part de prétendre que je cuisine toujours pour deux dans l'espoir que tu viendras me rendre visite.“

En chemin, Laura avait acheté de la pâtisserie et elle se mit devant l'évier pour laver la salade et regarda Paul cuisiner par-dessus son épaule. Il s'assura que les cubes de poulet étaient bien dorés des deux côtés, ajouta du gingembre haché, trempé dans du jus de citron, et une cuillère à café de Sambal Oelek.

„De quoi veux-tu parler?“ demanda-t-il à Laura, qui était en train de couper des tomates.

„On ne peut pas attendre la fin du dîner? Il s'agit d'une idée fixe qui me hante, et c'est compliqué. En ce moment je dois me concentrer, sinon je me coupe les doigts.“

„Cela semble prometteur. Les idées fixes sont parfois très utiles. J'aurai bientôt fini. Il ne me reste plus qu'à épaissir la sauce.“ Il mit un peu de vin blanc et deux grandes cuillères de crème aigre dans la casserole, remua brièvement et laissait bouillir un peu.

„A ta santé, Laura!“ Paul avait choisi un vin rosé sec du Valais pour accompagner ce plat épicé.

Ils mangeaient lentement et ce n'est qu'autour d'un café que Laura commença à parler de son travail: „Cette affaire est vraiment tordue. L'heure de la manipulation fatale est ouverte, il n'est donc pas possible de vérifier des alibis. Nous n'avons pas d'empreintes digitales, pas de traces d'ADN, et aucune des personnes de l'entourage de la victime n'a de casier judiciaire – au moins jusqu'au moment où le meurtre ait été commis. Tout ce que je peux faire c'est écrire des e-mails et chercher des numéros de téléphone, et ensuite, j'attends des jours pour obtenir une réponse. Je n'ai pas besoin de renforts pour rester assise et, comme je n'ai rien de concret sous la main, il est inutile d'en discuter avec des collègues. Par contre, j'ai à nouveau besoin de tes conseils.“

„Tu as dit tout à l'heure que tu étais obsédée par une idée fixe. Tu n'as pas à être gênée. Souviens-toi des yeux gris tant vantés de la baronne impliquée dans le meurtre au Bellevue, qui m'ont finalement donné l'idée qui elle pouvait être. C'est ce qui nous a finalement permis de résoudre deux meurtres. J'ai aussi hésité longtemps à partager cette idée avec toi.“

„Je vais juste nous faire deux autres expressos pour accompagner le dessert.“ Laura servit la pâtisserie qu'elle avait apportée et commença avec hésitation: „Comme tu sais, je suis confrontée à un suicide qui s'est produit la nuit du Nouvel An, une semaine avant que Fred Sutter ne s'étouffe avec l'inhalateur d'asthme trafiqué. Je ne sais pas ce que je t'ai déjà dit sur ce suicide.“

„Raconte-moi tout depuis le début. Nous avons le temps.“

Laura résuma brièvement sosn enquête, en ajoutant: „Le procureur a terminé l'enquête sur le suicide de

Straub hier. Il n'y a aucune trace d'influence extérieure, mais pas la moindre indication de la raison pour laquelle le jeune homme s'est suicidé non plus. C'est ce qui me dérange.“

Kuhn se demanda quelle était l'importance de la raison du suicide de Straub pour l'enquête sur le meurtre de Sutter, mais ne voulait pas interrompre Laura. Il lui versa du vin sans rien dire.

Elle en prit une gorgée et passa à l'affaire Sutter: „Dans l'affaire du meurtre, je n'ai pas avancée d'un pas, au contraire, je suis lentement à court de suspects. En attendant je suis arrivé à la conclusion qu'aucune des personnes proches de Sutter ne l'a tué. Il s'agit d'une évaluation émotionnelle qui ne signifie pas grand-chose. Cependant, je sais maintenant d'où vient le spray mortel. Il a été livré à la pharmacie Remedium au Niederdorf le 15 décembre déjà, en tant que réserve pour un client habituel. Le 21 décembre, peu avant 16 heures, un prétendu pharmacien a téléphoné en disant qu'il avait besoin pour une urgence d'un paquet de spray contre l'asthme. Vers quatre heures, un garçon est venu chercher le médicament.“

Laura s'assura que Kuhn n'avait pas de questions et comme ce n'était pas le cas, elle poursuivait: „Je suppose que la préparation initiale était encore en ordre à ce moment-là. La pharmacie Remedium n'avait aucune raison apparente de tuer son client habituel pour lequel elle tenait une réserve. Environ trois heures plus tard, le spray a été livré à la secrétaire de Sutter, suffisamment de temps pour effectuer la manipulation fatale. L'homme qui a livré le paquet avait rendu son visage méconnaissable avec son écharpe tirée sur le menton et sa casquette cachant son front. Pour autant que je sache, les médicaments n'ont pas traîné dans le laboratoire après la livraison. Cela exclut pour moi les deux scientifiques Céline Durand et Yuri Bobrow comme auteurs de l'infraction, car aucun d'eux ne savait que des nouveaux sprays avaient été commandés. Seule la secrétaire était au courant, et je ne la crois pas capable d'introduire de la capsaïcine dans un tube sous pression en quelques minutes. Elle aurait certainement retourné la moitié du laboratoire en le faisant. De plus, elle n'a pas de mobile."

Laura regarda Kuhn d'un air interrogateur et ce dernier fit un signe de tête encourageant. Elle continua donc: „Le scientifique licencié, Egli, aurait eu une raison de se venger de Sutter, mais il ne pouvait pas être au courant de la commande, n'avait pas accès au laboratoire et ne rendait pas visite à Sutter chez lui. Il n'avait donc aucun moyen de manipuler le spray. Il en va de même pour les autres personnes qui auraient pu avoir un intérêt dans la mort de Sutter. L'investisseur Jaccard, avait peu de temps auparavant installé sa connaissance en tant qu'associée de la 'KOKI', ce qui peut sembler suspect dans les circonstances, mais n'en tire aucun profit personnel. L'escroc Ward aurait pu espérer de faire chanter le successeur de Sutter plus facilement, mais il est parti en Amérique déjà avant Noël. Cela sort les acteurs du monde, des affaires, au moins ceux que je connais, de la ligne de tir.“

Laura prit une bouchée de son éclair et prenait son temps avant de continuer: „Chez Sutter, seule sa femme aurait eu l'occasion de tripoter le spray pendant qu'il faisait sa valise. Selon elle, aucun visiteur n'est passé ce soir-là. Pourtant, je ne crois pas qu'elle aurait été techniquement capable de manipuler le tube, à moins qu'un ami ne l'aide qui aurait pu la faire chanter par la suite. Selon moi, Evita est trop calculatrice pour prendre un tel risque.“

Laura attendait une réaction de Kuhn, mais il ne faisait que peser sa tête. Elle ajouta donc: „A Flims aussi, quelqu'un aurait pu avoir accès à l'inhalateur pour l'asthme, mais je suppose qu'il portait toujours le même tube sur lui. Pour autant que je sache, Sutter n'a reçu qu'une brève visite de sa femme, mais apparemment, elle n'est pas entrée dans l'hôtel à cette occasion. Il ne reste plus que la nouvelle connaissance que Sutter a rencontrée à l'hôtel. Asali Farah étudie la médecine et aurait donc assez de connaissances techniques pour effectuer une telle manipulation. Elle aurait pu facilement prendre le spray, puisqu'elle a passé toutes les nuits avec Sutter dans sa chambre. L'ajout de la substance toxique aurait cependant été difficile sans aides techniques. Je ne vois pas non plus pourquoi elle aurait voulu se débarrasser de son nouveau petit ami.“

„Eh bien, jusqu'à présent, je te suis, mais qu'en est-il de ton idée folle?“ voulait Kuhn enfin savoir.

„Je ne peux pas me défaire de l'idée que les deux affaires, Straub et Sutter, pourraient être liées. Tout a commencé par une remarque de Bundi, le commissaire à Coire. Il a supposé que la personne la plus susceptible de trouver une idée aussi perverse de faire inhaler du poivre de Cayenne à un asthmatique serait un pharmacien, un médecin ou un biochimiste. Lors de notre première conversation, tu as avancé une hypothèse similaire. Involontairement, j'ai pensé alors au pharmacien qui s'est suicidé peu avant la mort de Sutter. Laura leva ses mains en l'air. „Avec toutes les pharmacies que j'ai visitées, il m'était parfois difficile de séparer les deux affaires et de ne pas poser les mauvaises questions."

Kuhn sourit avec compréhension. Il avait lui-même rencontré de telles difficultés lorsqu'il avait deux affaires à traiter en même temps.

Laura entra au vif du sujet: „La correspondance est déroutante. À part les pharmacies, dans les deux cas, une fille a disparu et n'est probablement plus en vie. Je n'arrive pas à me débarrasser de l'idée que ces deux femmes pourraient être la même personne. Tout aurait alors un sens. Straub serait le perdant jaloux qui prendrait les dispositions nécessaires pour que Sutter meure dans les prochains jours et se tue avant que cela n'arrive."

Kuhn hocha la tête pensivement et Laura ajouta: „J'ai essayé de repousser ce fantasme, mais hier, il s'est levé comme un phénix de ses cendres."

„Par quelle occasion?"

„Céline m'a expliqué son travail et nous avons ensuite dîné ensemble. En chemin, son ancien collègue, qu'elle avait accusé de fraude, a tenté de l'écraser – je te le raconterai plus tard. Nous avons momentanément perdu l'appétit et nous avons seulement mangé une glace et discuté jusqu'à ce que nous ayons faim et commandé une pizza. Céline a commenté ce menu en disant moqueuse: „Le dessert avant le plat principal – le suicide avant le meurtre!"

Kuhn était quelque peu surpris par le raisonnement de Laura, mais était plus ou moins d'accord avec elle: „Manipulation meurtrière le 21 décembre, suicide de l'auteur dix jours plus tard, et meurtre différé d'encore cinq jours. Tout à fait possible." Il prit une gorgée de vin.

„Ce scénario n'est pas aussi farfelu que tu l'as annoncé au départ. Comment veux-tu procéder?"

„Je dois découvrir par où le spray a passé après qu'il a été pris à la pharmacie Remedium. L'homme qui le cherchait par téléphone a prétendu être un pharmacien, mais a probablement utilisé un nom fictif. Toutefois, je suppose qu'il était vraiment pharmacien, car la circulaire pour trouver le médicament avait été adresse uniquement aux pharmacies. Je vais d'abord essayer de savoir à partir de quel téléphone l'appel à la 'Remedium' a été fait. Une autre possibilité serait de trouver le garçon qui est venu chercher la commande, mais ce ne sera pas facile non plus."

„En effet, je te souhaite bonne chance."

„Attends, Paul, je n'ai pas fini. Tu m'as dit un jour de ne pas oublier les motifs émotionnels. J'avais déjà prévu cette possibilité, car j'avais fait une observation réelle dans ce sens. Dans le salon de l'homme suicidaire, Straub, j'ai trouvé la photo d'une jeune femme séduisante, et à côté une rose rouge encore fraîche. La femme aurait pu être sa petite amie et la rose me suggère qu'elle soit morte."

Kuhn leva les sourcils et balança sa tête dans le doute. „Intéressant, et à quelle occasion la petite amie de Straub aurait-elle rencontré Sutter?"

Laura fouilla dans son sac à main et posa une photo devant Kuhn. „C'est la photo que j'ai prise de chez Straub. Donne-moi ta première réaction spontanée à cette personne – n'y pense pas à deux fois."

„Joli, fragile, blonde, yeux bleus – un personnage de fée nordique", s'avança Kuhn.

Laura était rayonnante. „Sutter est tombé amoureux il y a trois ans d'une étudiante qu'il a rencontrée par hasard dans un bar. Sa copine de l'époque, Gina, était là et l'a décrite avec presque les mêmes mots que toi maintenant." Laura agita la photo devant Kuhn. „Gina a aussi dit que son nom était nordique."

„C'est intriguant en effet", admit Kuhn. „Selon ton obsession, cette amie du suicidaire serait devenue l'amante de Sutter. Comment veux-tu prouver ceci?"

„Gina sera de retour de sa tournée dans les prochains jours. Je vais l'interviewer à nouveau et lui montrer la photo. J'espère que la sœur de Straub pourra aussi me dire quelque chose sur l'amie de son frère."

„Tu es vraiment forte, Laura." Le compliment de Kuhn venait du cœur, mais en vieux sceptique, il ne pouvait s'empêcher d'ajouter: „Et si ton hypothèse échoue, tu peux toujours écrire un roman sur cette histoire fantastique."

Laura connaissait suffisamment bien son ancien patron pour ne pas lui en vouloir, mais elle lui rendit la pareille: „Et toi, Paul, en tant que critique, tu pourrais pousser les artistes au suicide par douzaines."

Ils restaient assis pendant longtemps. Laura raconta à Kuhn la dangereuse manœuvre d'Egli près de la 'Prime Tower' et l'attaque incendiaire du militant agressif des droits des animaux, Gerber. Enfin, elle lui décrivit les approches passionnantes pour soigner le cancer de la peau et du sein, que Céline poursuivait dans la 'KOKI'.

Kuhn écoutait avec intérêt, mais il ruminait en silence. Soudain, il laissa échapper: „C'est excitant, mais quelque chose me dérange. Cette Céline Durand est, à part la veuve, la principale une bénéficiaire de la mort de Sutter. Elle a repris la start-up, y compris les recherches prometteuses et une partie des brevets en cours. Pour tout enquêteur, elle serait le principal suspect." Il fit signe à Laura d'attendre et poursuivit: „Je t'ai conseillé de ne pas oublier les motifs émotionnels, mais il ne faut pas négliger les autres aspects pour autant."

Laura sursauta. „Je n'ai rien négligé! À part le motif, certes fort, de Céline, je n'ai rien trouvé qui puisse l'incriminer."

„Je ne t'ai pas accusée de négligence. Seulement, avec toutes ces expériences élégantes qu'elle mène, cette scientifique douée n'aurait pas mis cinq minutes pour relâcher la moitié de la pression d'un spray et injecter de la capsaïcine avec une seringue solide. De plus, un laboratoire de biochimie peut facilement accéder à n'importe quelle substance."

Laura était troublée et ne savait pas quoi dire. Kuhn lui suggéra: „Pour être sûre, tu pourrais vérifier combien de temps le spray traînait sur le bureau de la secrétaire avant que Sutter ne le prenne sur lui."

„C'est vrai, j'étais trop négligente sur ce point. Mme Widmer avait tellement insisté sur le fait que la livraison était en retard, que j'ai tacitement supposé, qu'elle l'avait donnée à Sutter immédiatement." Laura se tût.

„Ne te blâme pas! Je pense simplement qu'il serait bon que tu examines ce point de plus près", la réconforta Kuhn en lui versant du vin.

Laura signala son accord en levant son verre. „Parlons d'autre chose. Dis-moi ce que tu fabriques en tant que retraité."

„Tu vas rire. L'année dernière, lors de ma petite croisière à la recherche de la baronne, j'ai commencé à lire des romans policiers et j'ai continué à le faire depuis. Avec mon genou endommagé, j'en ai parfois lu un par jour.“

„Les trouves-tu excitants, réalistes, excentriques, stupides?“

„Cela dépend. Pour la plupart, le contexte est vivant et intéressant déjà sans l'inévitable crime. D'un point de vue criminologique, certains complots sont logiques et sophistiqués, d'autres sont trop fantaisistes et certains sont incroyablement naïfs. Certains sont tellement méticuleux qu'ils deviennent ennuyeux. Parfois, ils sont si simples que je trouve la solution avant le détective du roman et je me demande comment il a obtenu son poste. Je ne supporte pas non plus que l'auteur ne révèle pas toutes les informations dont dispose l'enquêteur. Le lecteur est mis sur une fausse piste et, à l'avant-dernière page, le détective de génie sort des indices qui n'ont jamais été mentionnés auparavant. Le pire, c'est lorsque l'auteur ne se souvient pas de ce qu'il a écrit dans le chapitre précédent et qu'il affirme soudain le contraire. Néanmoins, aussi différents qu'ils soient, la plupart des romans policiers m'amusent.“

„Pourquoi tu n'écris pas un thriller toi-même? Certains ex-commissaires ont du succès avec“, suggéra Laura.

„Pourquoi pas? Avec ma bonne pension, je ne risquerais pas de mourir de faim. J'aurais même un joli titre pour mon premier roman: *L'idée fixe de l'inspectrice Laura*.“

Le lendemain, a son arrivée au bureau, Laura était heureuse de découvrir qu'un courriel était arrivé de la pharmacienne qui avait remplacé le patron malade à la 'Paracelsus' le 21 décembre. Elle s'était adressée à quatre collègues dans sa recherche du spray contre l'asthme manquant. Malheureusement, ni la pharmacie Esculape ni le nom d'Ernst Straub ne figuraient sur sa liste.

Laura appela les quatre numéros indiqués. Trois des pharmacies n'avaient pas ce médicament eu en stock et n'avaient pas transmis la demande à d'autres collègues. Le jeune propriétaire de la quatrième pharmacie, ou le médicament n'était pas disponible non plus, avait envoyé une circulaire à toutes les pharmacies zurichoises. Cette piste menait donc dans de nombreuses directions.

„Avez-vous inclus le nom du client dans votre recherche sur Internet?", demanda Laura surprise.

„Bien sûr que non! J'ai seulement écrit que le médicament devait être livré à la secrétaire de la société KOKI, qui était au courant. Cette information était nécessaire pour que la livraison soit à l'heure.“

„Avez-vous reçu la confirmation que quelqu'un ait livré le spray?“

„J'ai demandé dans ma circulaire d'être informé, mais je n'ai reçu aucune réponse.“ Laura n'était pas trop surprise que le pharmacien ajoute une excuse lui désormais familière: „Vous ne savez pas quel chaos régnait en ces jours d'avant Noël. Par ce beau temps, la moitié de Zurich est partie en vacances et s'est procuré des médicaments au dernier moment.“

Laura remercia son interlocuteur et accrocha. Elle essaya à classer les informations qu'elle venait de recevoir. La conclusion la plus logique semblait être, que quelqu'un avait l'intention de tuer Sutter depuis un certain temps. Par la circulaire, il avait appris que quelqu'un dans la 'KOKI' avait besoin d'un médicament contre l'asthme.

Laura serra les poings quand elle se rendit compte ce que ça signifiait: Le malfaiteur ne devait pas seulement savoir que Sutter travaillait à la 'KOKI', mais aussi qu'il souffrait d'asthme! Il avait saisi l'occasion pour l'éliminer. Laura était convaincue que ce scénario était vrai, bien qu'elle ait de la peine à s'imaginer que quelqu'un attende si longtemps avant de commettre un meurtre plus ou moins par hasard.

Néanmoins, elle voulait suivre le conseil de Paul et vérifier si quelqu'un dans la 'KOKI' avait une occasion de trafiquer l'inhalateur pour asthme qui traînait peut-être un certain temps sur le bureau de la secrétaire. Elle décida de rendre visite à Mme Widmer tout de suite.

Le secrétaire était visiblement déconcerté par le fait que la commissaire soupçonnait apparemment un membre de la 'KOKI', mais elle pouvait reconstituer exactement le déroulement des événements: Le spray avait été livré chez elle peu avant 19 heures. Cela ne faisait aucun doute, car elle avait attendu dans le bureau et, pour cette raison, ne pouvait pas participer à l'apéritif d'avant Noël, qui avait lieu dans le fumoir. Lorsque la livraison arriva finalement, elle mit le paquet dans un tiroir et partit en retard pour la fête. Là, elle avertit son patron que ses médicaments étaient arrivés.

„Est-ce que les autres personnes présentes dans la salle, l'ont entendu aussi?“

„Probablement, parce que tout le monde voulait savoir pourquoi j'étais si en retard pour l'apéritif.“

„Quelqu'un d'autre a quitté le fumoir après?“

„Bobrow est sorti un moment, et Céline avait quelque chose à faire dans le labo, mais cela n'a pas pris cinq minutes.“

Laura regrettait de ne pas avoir posé ces questions plus tôt, mais elle poursuivit: „Quand avez-vous donné le médicament à Sutter?“

„Il est parti vers 8 heures. Il a dû faire ses bagages car il avait l'intention de partir tôt le lendemain matin. Je l'ai accompagné au bureau et lui ai mis le spray dans la main.“

„Avez-vous remarqué si le paquet avait été ouvert et refermé?

„Non, je suis sûr que je l'aurais remarqué. De plus, j'avais mis les sprays hors de vue dans un tiroir. Pourquoi voulez-vous savoir tous ces détails?

"Il y a eu des questions qui ont été soulevées“, esquiva Laura. „Par souci d'exhaustivité, je dois également vérifier, si votre laboratoire n'a jamais commandé de la capsaïcine. Pourriez-vous vérifier ceci dans vos factures?“

"Je craignais que quelqu'un de notre groupe ne soit derrière le meurtre, après tout. C'est pourquoi j'ai vérifié les commandes de l'année dernière de ma propre initiative. La réponse est non.“

„Vous êtes parfaite, Mme Widmer. C'est très important. Je veux juste demander quelque chose à Céline. Est-elle présente?“

„Non, elle scanne ses souris au poly. Cela peut prendre quelques jours et elle ne veut pas être dérangée.“

Au point ou les choses étaient en ce moment, il n'était pas urgent de mettre Céline sous pression. Même si elle avait pu mettre la main sur l'atomiseur, il lui aurait été difficile, en seulement cinq minutes, à manipuler le tube et, surtout, de remettre le paquet dans un tel état, que la secrétaire pointilleuse ne s'en aperçoive pas.

„Une dernière question. Est-ce que l'homme qui a livré les sprays a dit qu'il apportait le médicament pour M. Sutter, ou simplement, qu'il devait le livrer à la 'KOKI'?“

Mme Widmer réfléchissait longuement. „Maintenant que vous me le demandez, je me souviens: Il a demandé si le médicament contre l'asthme était vraiment destiné à M. Sutter. Au moment, ça ne m'a pas frappée, mais maintenant que j'y repense, c'est quand même assez étrange.“

~

Laura se mit dans son fauteuil en cuir et essaya d'organiser ses pensées. Selon toute vraisemblance, le spray avait été falsifié avant qu'il ne soit déposé chez Mme Widmer. Les éléments en faveur de cette hypothèse étaient, d'une part, que le paquet avait été si soigneusement refermé que la méticuleuse secrétaire n'avait rien remarqué. Beaucoup plus important était le fait que le fournisseur avait demandé si le médicament était destiné à Sutter. Ceci soutenait son hypothèse quelle avait faite antérieurement: Puisque le nom du patient n'avait pas été mentionné dans la circulaire, l'auteur du crime devait savoir qui était le patron de la 'KOKI' et qu'il souffrait d'asthme. Le fait qu'il ait demandé par précaution si le médicament était vraiment destiné à sa victime visée s'inscrivait bien dans ce scénario. Maintenant il ne lui restait plus qu'à trouver qui était cet empoisonneur attentionné.

Un coup de téléphone la fit sortir de ses pensées. „Mme Crameri? Voici Doris Straub. On m'a dit de vous appeler. Qu'est-ce que la brigade criminelle veut de moi?

„Ah, Mme Straub, comment allez-vous?"

„Je vais mieux. Je suis actuellement à l'hôpital à Genève, où je me rétablis de ma crise de malaria, mais ce n'est pas important. Je veux plutôt savoir ce que vous attendez de moi. S'agit-il du suicide de mon frère?"

Laura était soulagée que Mme Straub soit déjà au courant. „Je suis vraiment désolé pour votre perte. J'ai enquêté sur cette affaire. Il ne fait aucun doute que votre frère a volontairement mis fin à sa vie. Pour clore le dossier, nous aimerions juste y ajouter sa lettre d'adieux, s'il en a laissé une."

„Je n'ai pas encore pu passer chez moi, mais je suppose qu'il m'a écrit. Ce n'était pas un garçon joyeux, mais il était sensible, et nous nous entendions toujours bien." La voix devint fragile et Laura n'insista pas. Enfin, Mme Straub poursuivit: „Vous devez être patiente. Je ne sais pas combien de temps je vais rester coincé ici ,mais je vous appellerai si je trouve une lettre chez moi." Mme Straub aurait probablement préféré dire qu'elle prendrait contact si le contenu de la lettre n'était pas trop confidentiel. Elle avait tout à fait le droit de le faire, et Laura devait s'attendre à cette possibilité.

~

Le paludisme de Mme Straub devait être persistant, car la patiente ne donna pas de nouvelles d'elle depuis plus d'une semaine. Laura se consolait à l'idée qu'elle pourrait bientôt parler à Gina. Sa troupe devait être rentrée de sa tournée hier. Laura ne voulait pas faire sortir Gina du lit trop tôt. Elle attendait jusqu'après 10 heures pour passer son appel.

„Berri", Gina avait l'air endormie. Au moins, elle n'était pas encore allée faire des courses.

„Voici Laura Crameri de ... „

„Je me souviens de vous. Ma mémoire n'est pas si mauvaise", l'interrompit Gina. „Qu'est-ce qui vous prend de me sortir du lit si tôt?"

„J'ai encore quelques questions pour lesquelles vous pourriez m'aider. Ce n'est pas un interrogatoire et j'ai pensé que nous pourrions en discuter calmement dans un bar."

„Ça sonne bien, d'accord. Quand et où?"

„Si ceci vous convient, je serai heureux de le faire ce soir. Je propose que nous nous rencontrions dans le bar où vous et Fred avez rencontré les deux étudiants."

„La fille nordique! Vous êtes vraiment un chien de traque infatigable", se moqua Gina. „D'accord, ce soir au Central 1. Vous connaissez le bar?"

„Seulement de l'extérieur, malheureusement. C'est bien dans le Central Plaza hôtel?"

„Exact. Disons neuf heures. Je dois dormir quelques heures, faire des courses, déballer mes affaires, et vérifier le courrier. D'ailleurs, la soirée pourrait vous coûter cher, car j'aimerais manger un petit quelque chose – et j'ai soif.“

„Pas de problème, à ce soir.“ Après l'agitation de la presse sur les dépenses généreuses de divers officiers suisses, elle devait payer elle-même les frais, mais cela n'avait pas d'importance si seulement quelque chose en sortirait.

Lorsque Laura arriva ponctuellement à l'hôtel Central Plaza, Gina était déjà assise au bar devant un Prosecco. „Bonjour, j'ai pensé que vous m'ayez emmenée dans cet environnement pour me rafraîchir la mémoire. J'ai donc commencé avec un mousseux comme d'habitude. Pour votre bien, je n'ai ordonné que du Prosecco au lieu de champagne.“

Après une assiette de fitness avec du poulet dans une sauce au curry piquante et un verre de vin blanc, Laura demanda: „Votre mémoire a-t-elle besoin d'une bouteille de champagne?“

„Merci, je peux faire abstraction sur de tels détails. Je préfère un Tullamore Dew sec. Le reste de la mise en scène est parfait. Je suis venu tôt pour pouvoir obtenir la même place que celle que j'avais ce soir-là. Fred était assis à côté de moi où vous êtes assise maintenant. Les deux étudiants sont arrivés peu après nous et ont pris place sur les deux tabourets à votre gauche.“

Gina ferma les yeux et décrivit le déroulement de cette rencontre aussi précisément que possible: „Fred a commandé une bouteille de champagne et nous avons bavardé et flirté. Puis le jeune couple nous a rejoint et a commandé deux martinis rouges pour porter un toast à la réussite d'un examen! Gina secoua la tête indignée. „Fred a regardé la scène avec dédain, a fait signe au barman d'apporter deux verres, et servi les deux en remarquant qu'un examen réussi ne se fêtait pas avec un breuvage pareil. La blonde lui sourit comme s'il venait de lui demander sa main. Son compagnon était terriblement ennuyé, mais se retenait. Peu à peu, la situation devint grotesque. Fred et l'étudiante ont ri et flirté comme des tourtereaux, et l'étudiant et moi, nous nous sommes regardés perdus, mais nous ne pouvions pas parler à cause de la distance qui nous séparait.

Gina s'arrêta, réfléchit un moment, et soudain, elle s'exclama: „Maintenant je me souviens. Fred a demandé à la fille quel examen ils célébraient. Elle a dit qu'elle et son collègue - je ne me souviens pas de son nom non plus - avaient préparé un examen dans un domaine particulier qui n'était enseigné que tous les deux ans. Il avait besoin de cet examen pour son diplôme et pour elle, c'était un examen de mi-parcours. Je n'ai pas compris de quel sujet il s'agissait, mais Fred lui a demandé en plaisantant si elle avait l'intention de s'installer en Appenzell en tant que guérisseur miracle à base de plantes.

Laura était excitée. Un premier lien, encore mince, entre les deux affaires était surgi! „Merveilleux, continue s'il te plaît.“

„Si tu me tutoies, je me joins volontiers. Santé!“ Ils trinquèrent et Gina reprit son voyage dans le passé, en décrivant comment le compagnon de la jeune fille, visiblement amoureux d'elle, s'était énervé du comportement scandaleux de son accompagnatrice, avait soudainement claqué son verre sur la table et quitté le restaurant sans dire au revoir. Gina avait envie de faire de même, mais le rôle pitoyable d'une amante abandonnée était en dessous de sa dignité. Elle restait donc un peu comme auditrice silencieuse. „Je n'ai rien appris qui pourrait t'intéresser, juste quelque chose sur la relation entre les deux étudiants.“

„Continue, on ne sait jamais.“

„Le départ abrupt du copain frustré ne correspondait pas au style de notre bande permissive, et Fred demanda avec inquiétude s'il avait commis une erreur. Elle a ri en disant qu'elle avait seulement préparé les examens avec ce collègue et, aujourd'hui, c'était la première fois qu'elle été sortie avec lui que. Elle semblait assez contente qu'aujourd'hui elle ait réussi à s'en débarasser.“

Gina sourit: „J'ai tout de suite senti que cette adorable fille et Fred étaient faits l'un pour l'autre. Dès que j'ai pu me le permettre sans perdre la face, je lui ai donné un baiser sur la joue, j'ai gentiment dit au revoir à la petite et je suis parti.“

Pendant que Gina parlait, Laura avait fouillé dans son sac à main et lui montra la photo qu'elle avait trouvée dans l'appartement de Straub. „Est-ce elle?“

„Tu aurais pu t'éviter les frais de cette sortie si tu m'avais montré la photo tout de suite. C'est bien elle.“ Gina regarda le portrait pensivement en hochant la tête d'un air approbateur. „Elle est vraiment charmante. Cette photo a dû être prise avant notre rencontre. Ici, elle a l'air radieuse. Le soir que je l'ai vue, elle était pâle, et malgré son expression gaie, j'ai eu l'impression qu'elle était malade. Sais-tu ce qu'elle est devenue?“

„Aucune idée, mais c'est précisément ce que j'aimerais savoir. Je suis toujours à sa recherche.“

Laura avait envie de montrer à Gina aussi la photo de Straub, mais la seule prise qu'elle avait de lui était celle de son corps. Elle ne voulait pas la montrer à moins que ce ne soit absolument nécessaire. Le barman vint vers elles, posa ses mains sur le bar et demanda: „Désirez-vous autre chose, Mesdames?“ Il hésita quand il vit la photo. „Vous permettez?“ Il la retourna et la regarda surpris. „Svenja! Je ne l'ai pas vue depuis longtemps. Comment va-t-elle?

„Je ne sais pas. Justement, ma copine la cherche. Comment se fait-il que tu te souviennes d'elle?“, demanda Gina étonnée. „Après tout, plus de deux ans se sont écoulés depuis qu'elle est venue ici une seule fois.“

„Je connaissais bien Fred et ses accompagnatrices. Je ne t'ai pas oubliée non plus, Gina. Fred et Svenja sont venus ici plus d'une fois. Après cette première visite quelque peu mouvementée, ils sont revenus souvent. Un beau couple... excuse Gina.“

„Sans raison.“

„L'amant déçu venait-il aussi parfois ici à les observer?“, voulait savoir Laura.

„Je ne l'ai plus jamais vu au bar. S'il s'était assis à une table, je ne l'aurais probablement pas remarqué.

„Merci, vous m'avez beaucoup aidé.“ La soirée en valait la peine. „Apportez-nous la même chose et si vous voulez, vous pouvez boire un verre avec nous.“

La tête de Laura était étonnamment claire pour les excès de la soirée précédente. Elle parcourut la liste des étudiants en pharmacie et trouva rapidement une certaine Svenja Nilsson, née en 1992 à Stockholm. Derrière, il y avait une note: désinscrite, le 2.11.2016.

Le nom de Svenja figurait également sur la liste des prénoms nordiques qu'elle avait envoyée à Gina en guise de rappel. Tant pis, l'essentiel était qu'elle le connaisse maintenant et puisse enfin procéder de manière ciblée. Elle rappela la secrétaire de l'institut pharmacologique. „Merci beaucoup pour votre aide rapide l'autre fois. Je connais maintenant le nom de la personne recherchée: Svenja Nilsson. Puis-je vous demander une autre faveur? Il me faut son adresse ici à Zurich et surtout celle de ses parents. Du moins l'adresse que Svenja a donnée lors de son inscription au Poly.“

„Je vais voir ce que je peux faire.“

Curieusement, Laura espérait que la secrétaire accéderait à sa demande aussi rapidement que la dernière fois, mais elle ne voulait pas perdre du temps. Maintenant qu'elle connaissait le nom, il valait la peine de parler avec les camarades de volée de Svenja. Ils allaient terminer leurs études cette année et devaient encore suivre des cours .

Elle prit le bus jusqu'au Hönggerberg et se rendit à l'institut pharmacologique. Elle avait l'intention d'aller à la bibliothèque où elle espérait trouver des étudiants sans devoir déranger un cours, mais ce n'était pas nécessaire.

„Vous cherchez quelque chose en particulier?", fût-elle approchée par une femme aux cheveux gris.

Laura lui expliqua qu'elle voulait poser des questions aux étudiants de dernière année concernant une collègue. Quand elle remarquait le visage suspect de son interlocutrice, elle ajouta qu'elle était de la police criminelle et qu'elle menait une enquête dans une affaire de meurtre.

„Vous avez de la chance. Dans dix minutes, mon cours, qui est obligatoire pour les candidats au master, commencera. Vous pouvez poser quelques questions dans la salle de conférence. Cependant, si quelqu'un peut y répondre, je vous serais reconnaissant de lui parler à l'extérieur."

Laura essaya de ne pas faire paraître Svenja suspecte. Peut-être était-elle encore en vie et avait-elle des contacts avec ses anciens collègues. Montrer sa photo aurait trop ressemblé à une chasse à l'homme. Elle se limita donc à demander si l'un d'entre eux connaissait Svenja Nilsson. Trois étudiantes et un étudiant répondirent et sortirent avec Laura de la salle des cours.

„Svenja a étudié avec vous. Elle s'est désinscrite en mai il y a deux ans. Avez-vous une idée du pourquoi?"

Les quatre jeunes gens se regardèrent indécis, et finalement l'une des étudiantes répondit: „Elle a passé ses examens de phytothérapie avec brio, et je me suis demandé pourquoi elle a abandonné ses études peu de temps après."

„Avez-vous passé le même examen?"

„Non, mais je discutais souvent avec Svenja, et elle me racontait ses résultats."

„A quelqu'un d'entre vous passé cet examen en même temps qu'elle?“ demanda Laura aux autres.

L'étudiant sourit un peu amèrement. „En même temps oui, mais malheureusement nous ne l'avons pas préparé ensemble. Le gars avec qui elle répétait ne voulait pas qu'il y ait quelqu'un d'autre.“

„Comment il s'appelle?“

„Aucune idée. Ce cours est bisannuel et est suivi par plusieurs volées. Le type en question était plus vieux que nous, et je n'ai jamais eu affaire à lui autrement. Tout ce que je sais, c'est qu'après son départ, il est passé plusieurs fois et a demandé d'elle.“

Laura regarda les trois filles. „Vous souvenez-vous de son nom?“

„Désolée, mais ça pourrait vous intéresser de savoir que Svenja m'a demandé un jour comment elle pouvait se débarrasser de ce type ennuyeux“, s'avança l'une d'elles.

„Et que lui avez-vous conseillé?“

„Qu'elle devrait trouver quelqu'un d'autre.“

Laura se demanda si elle pouvait mentionner le nom de Straub. Peut-être que cela leur rafraîchirait la mémoire. Le pharmacien n'était plus en vie et elle pouvait prendre le risque. „Le nom de Joseph Straub vous dit-il quelque chose?“

Elle n'obtint pas de réponse à la question, mais l'une des étudiantes qui n'avait encore rien dit, demanda contrariée: „Pourquoi la police devrait savoir, qui prépare un examen avec qui?“

„Il s'agit d'un suicide qui peut être lié à un meurtre. Je ne peux pas vous en dire plus.“

„Suicide? Pensez-vous que Svenja s'est suicidée?“

„Je n'en suis pas sûre, mais si elle s'est suicidée, cela pourrait avoir poussé un prétendant à commettre un meurtre.“

„C'est différent, bien sûr“, céda la jeune contestataire et ajouta: „Honnêtement, je ne connais pas le nom de cet homme.“ Les autres indiquèrent par des gestes qu'il ne pouvait pas aider non plus.

Laura était déçue, mais voulait savoir autre chose: „Avez-vous eu l'impression que Svenja était malade?“

„Pendant un certain temps, elle avait en effet l'air fragile. Après cet examen, elle s'est soudainement épanouie. Je pensais qu'elle avait suivi mon conseil et s'était trouvé un ami plus attrayant. Toutefois, un jour, elle s'est assise dans l'auditoire, pâle et en larmes, et au milieu de l'heure, elle est partie. Je ne l'ai plus jamais revue depuis.

„Une dernière question: quelqu'un connaît-il son numéro de téléphone ou le lieu de résidence de ses parents?

„Au bureau, ils doivent le savoir.“

Laura dit merci et se congédia. Après sa visite au secrétariat, elle prit le bus pour la ville. La secrétaire lui avait déjà fait parvenir les adresses qu'elle cherchait, mais les avait imprimées à nouveau. Ainsi Laura pouvait essayer d'appeler le numéro de téléphone portable de Svenja tout de suite. Elle ne reçut qu'un message indiquant que le numéro n'était plus en service. Il était sans doute inutile d'interroger la propriétaire chez qui Svenja avait séjourné à Zurich. De tout ce que Laura savait, la Suédoise était plutôt renfermée et n'aurait probablement pas discuté avec une personne extérieure de ses amours et de ses soucis. Les parents, cependant, devaient savoir ce qui était arrivé à leur fille. Elle savait enfin comment elle pouvait les atteindre. Les Nilsson vivaient à Waldshut, et le père travaillait comme physicien à l'Institut Paul Scherrer à Villigen.

Sur la liste des candidats à l'examen de phytothérapie figuraient aussi bien Svenja Nilsson que Joseph Straub. Il semblait donc justifié de supposer que Straub avait été le compagnon de Svenja au bar du Central, à qui Sutter avait volé son adorée. En tant que pharmacien, Straub avait les connaissances nécessaires pour transformer un spray contre l'asthme en arme du crime. Il pouvait très bien être le meurtrier de Sutter, mais pourquoi avait-il attendu plus de deux ans pour se venger de son rival?

Près de deux mois s'étaient écoulés depuis la mort de Sutter. Laura pensait savoir qui était l'homme qui avait mélangé du spray au poivre dans le médicament contre l'asthme, mais n'avait pu trouver aucune preuve conclusive. L'appel à la pharmacie Remedium avait été passé depuis le Bistro le Puy mais là, personne ne voulait se rappeler qui avait utilisé le téléphone fixe avant Noël, bien que, au temps des portables, ceci devait être un évènement assez rare. Eh bien, elle passerait encore par là aujourd'hui et réchaufferait un peu ces gens de courte mémoire. Ensuite, elle essayerait de retrouver le cycliste qui était venu chercher le médicament à la pharmacie. Elle concentrerait ses recherches sur la zone autour de la pharmacie Paracelsus, où Straub avait travaillé. La perspective de succès était minime, mais l'effort en vaudrait la peine si elle pouvait découvrir à qui le messager avait apporté les sprays.

Avant de se lancer dans cette tâche fastidieuse, elle devait toutefois organiser une rencontre avec les parents de Svenja. Elle composa le numéro qu'elle avait reçu de la secrétaire de la pharmacologie.

„Nilsson, qui parle?" La voix de la femme était fatiguée.

Laura avait préparé sa conversation dans une certaine mesure, mais elle n'alla pas loin. À peine s'était-elle présentée comme commissaire de la brigade criminelle qu'elle fut interrompue.

„Je ne parle pas à la police sans mon mari. Notre fille est morte et vous ne pouvez plus l'accuser."

Svenja n'était plus en vie. Cela confirmait ce que Laura soupçonnait depuis longtemps, mais elle voulait quand même en savoir plus: „Je ne veux pas accuser votre fille de quoi que ce soit, mais j'enquête sur une affaire de meurtre et j'espère obtenir des informations de vous et de votre mari sur les personnes qu'elle connaissait.“

À l'exception d'un soupir retenu, Laura ne reçut aucune réponse et dût insister: „Je voulais vous rendre visite et vous parler en privé, mais si vous préférez, je vous convoquerai, par l'intermédiaire de la police allemande, à un interrogatoire officiel.“

„Attendez! Je suis simplement surpris par votre demande, car je ne sais rien qui puisse vous intéresser. Si vous voulez me rendre visite, vous serez la bienvenue, à condition que mon mari puisse être présent.“

Le mari était en Amérique pour une convention et ne revint que samedi. Pour lui permettre de compenser le décalage horaire, elles prirent rendez-vous pour le mardi, 12 février.

Bien que Mme Nilsson prétende ne rien savoir de la vie sociale de sa fille, Laura attendait beaucoup de cette rencontre. Elle-même ne confiait de loin pas tout à sa mère, mais la Mamma savait presque tout quand même.

En attendant la rencontre avec les Nilsson, elle irait se consacrer au travail de détail fastidieux prévu pour aujourd'hui et se mit sur le chemin vers le quartier ou Straub avait travaillé. Au moins, la journée était lumineuse et beaucoup trop chaude pour la saison, ce qui facilitait sa tâche. Laura jeta sa veste par-dessus son épaule et s'apprêtait à quitter le bureau lorsque son portable sonna. „Crameri?“

„Bonjour, je suis la secrétaire de M. Bernauer. „Il vous informe que l'ouverture du testament de M. Sutter débutera à 15 heures aujourd'hui. Vous étiez intéressé par le contenu et M. Bernauer vous invite à participer à la lecture.

„Merci beaucoup, ce n'est plus nécessaire. Pourriez-vous me mettre en relation avec votre patron, s'il vous plaît?"

Laura communiqua à l'avocat que, selon l'état de son enquête, le testament de Sutter ne semblait plus être un motif du meurtre.

„Pouvez-vous me dire qui l'a assassiné?"

„Je peux uniquement vous dire qu'il s'agit presque certainement d'une histoire d'amour déçu. Aucune des parties concernées ne sera présente dans votre bureau aujourd'hui."

„Vous ne connaissez pas le contenu du testament, et vous n'avez aucun moyen de savoir qui j'ai invité."

„Les morts n'héritent pas", osa dire Laura, mais elle ne voulait pas dévoiler d'autres détails. „Dès que j'aurai terminé mon enquête, je viendrai dans votre bureau ou, selon le déroulement de la réunion d'aujourd'hui, je vous rendrai visite à l'hôpital et vous raconterai tout."

„Vous êtes trop aimable. J'attends votre rapport avec impatience, mais j'espère que ce sera dans mon bureau."

La conversation avec Bernauer avait de nouveau soulevé une question chez Laura, qui l'avait déjà frappée auparavant. Comment un jeune homme comme Sutter en était-il venu à rédiger un testament quelques jours seulement avant de mourir d'une manière aussi cruelle? Il avait le même âge qu'elle et il ne lui était jamais venu à l'esprit de rédiger un testament. Certes, à part un modeste compte d'épargne et l'ours en peluche assis sur une chaise d'enfant dans sa chambre à Coire, elle n'avait pas grand-chose à léguer.

~

Il était déjà cinq heures quand Laura revint au bureau, déçue. Aujourd'hui, plus personne n'utilisait un téléphone fixe, et pourtant personne dans ce bar se rappelait qui l'avait fait quelques jours avant Noël. Ce n'était pas le seul revers qu'elle avait subi. Aucun des garçons, avec ou sans vélo, qu'elle avait interrogés dans la Freiestrasse, n'était allé à la pharmacie Remedium pour aller chercher un médicament juste avant Noël. Elle devait probablement poursuivre cette enquête dans le quartier, mais espérait qu'après son entretien avec les parents de Svenja, ce ne serait plus nécessaire. Pour l'instant, elle se sentait frustrée comme au jour, ou elle était allée faire de la voile avec un ami, et à cause d'un calme, ils avaient été bloqués pendant deux heures au milieu du lac et avaient dû rentrer à la rame.

Comme elle ne pouvait rien faire d'autre pour le moment, elle appela Gina pour se renseigner sur les dispositions testamentaires de Sutter.

Gina comprit l'intention de Laura immédiatement: „Tu veux savoir ce que Fred a laissé, et à qui? Pourquoi n'es-tu pas venue écouter?"

„Bernauer m'a même invitée, mais comme le meurtre n'a probablement rien à voir avec la volonté, j'ai décidé de ne pas venir."

„Je suis heureux que tu ne cherches pas le meurtrier parmi les héritiers. J'ai reçu une belle somme d'argent moi aussi."

„Raconte-moi tout, s'il te plaît."

„La situation était très tendue au début – Evita et l'équipe de la 'KOKI' qu'elle déteste dans une seule pièce! Evita a percé Céline avec des regards. Elle pense probablement que Céline s'est approprié l'entreprise en couchant avec Fred. Pour autant que je puisse dire, Fred n'a jamais eu de liaison avec elle. Il a même laissé entendre qu'elle était peut-être lesbienne, mais surtout, ce bon vieux Playboy ne voulait pas d'une aventure au travail."

Laura n'avait rien remarqué de spécial chez Céline, et elle se demandait comment Sutter avait pu penser ainsi. Peut-être avait-il quand même essayé une fois sans succès.

„Mais revenons à la lecture du testament", proposa Gina. „Cela s'est bien passé, bien qu'Evita n'hérite que du minimum légal – toujours un beau morceau. Céline, en plus de la société qui lui est revenue par le décès de Fred, devient propriétaire du terrain sur lequel se trouve le laboratoire. C'est une zone en plein développement, quelque cinquante mètres de la 'Prime Tower', et doit valoir de l'or. Evita n'a pas fait de commentaire. Le Russe Boris a reçu une somme d'argent considérable pour rendre son séjour en Suisse un peu plus confortable, et Evita lui a même souri. Fred ne m'a pas oublié non plus, et m'a légué une belle somme pour que je puisse me permettre un petit plaisir." Gina rit un peu gênée. „C'est l'unique point sur lequel Evita n'a pas passé sans commentaire. Elle m'a souri malicieusement et dit, de façon audible pour tous, qu'elle avait toujours supposé que Fred et moi couchions ensemble. L'idée ne semblait pas la déranger le moins du monde.“

Gina s'arrêta astucieusement avant de venir au point culminant: „Toute la fortune restante et le bénéfice de son premier brevet, dans lequel Céline n'est pas impliquée, reviennent à une jeune africaine exceptionnellement belle, dont j'ai oublié le nom. Apparemment, il y a beaucoup d'argent en jeu. Evita était visiblement contrariée, mais n'a pas dit un mot, probablement parce que la fille pleurait à chaudes larmes.“

Laura était heureuse d'apprendre que l'avenir d'Asali était assuré. „Eh bien, cela satisfait ma curiosité.“

„Attends, il y a encore une chose amusante que je veux te raconter. Après la séance, j'ai proposé à Evita de renoncer à ma part de l'argent. Au début, elle m'a grogné dessus, disant qu'elle n'avait pas besoin de charité, puis elle m'a embrassée et m'a chuchoté que c'était un beau geste de ma part, mais qu'elle n'avait pas besoin d'argent. Puis elle m'a invité à dîner à la Kronenhalle samedi prochain. À cette occasion, elle veut me présenter son nouveau – ‘un vrai trésor d'or’, comme elle l'a mis en frottant index et pouce comme si elle comptait de l'argent.“ Gina éclata de rire. „Cette sacrée Evita ne jette pas l'éponge si facilement.“

Ce n'était que mi-février, mais le temps était aussi clair et doux qu'un jour de mai. Laura ne pouvait pas apprécier le voyage. Elle était trop tendue en prévision de son entretien avec les parents de Svenja. En effet, elle avait besoin d`indices concluants pour pouvoir résoudre l'affaire Sutter. Ses efforts pour trouver l'homme qui avait téléphoné à la pharmacie Remedium ou le garçon qui était venu chercher le spray avaient échoué. Aujourd'hui, il allait se décider si elle pouvait oublier son idée folle du tueur suicidaire.

Pour sa visite en Allemagne, Laura avait emprunté la voiture d'un ami. Elle ne possédait pas de voiture et ne pouvait pas se rendre en Allemagne dans une voiture de police zurichoise sans avoir obtenu des autorités locales l'autorisation d'interroger un témoin sur leur terrain, et elle détestait les formalités. Elle ne connaissait pas la ville de Waldshut et avait du mal à trouver une place de parking. Néanmoins, elle réussit à être à l'heure pour son rendez-vous dans la vieille ville, mais n'eut pas le temps d'admirer les belles façades des maisons et la porte de la ville à l'autre bout de la Wallstrasse. Devant la confiserie Gamp, il y avait un joli café de rue. Laura espérait que M. et Mme Nilsson seraient assis dehors en cette journée clémente. En effet, sous un parasol, un homme tenait dans sa main un journal suédois, le signe d'identification convenu.

„Bonjour!" Laura essayait l'allemand, et les Nilsson répondirent dans cette langue. Ils se présentèrent, puis un silence embarrassant suivit jusqu'à ce que le physicien se décida finalement à dire quelque chose: „Asseyez-vous, s'il vous plaît. Que voulez-vous boire?"

Ce n'est qu'après que Laura eut pris sa première gorgée de café que Mme Nilsson lui demanda: „Que s'est-il passé pour que vous vouliez nous interroger sur la mort tragique de notre fille – deux ans après?"

Il n'était pas facile d'expliquer aux parents pourquoi la police s'intéressait à la raison de la mort de Svenja, ni de justifier pourquoi elle voulait savoir qui avaient été ses amis à l'époque. Il ne servait à rien de tourner autour du pot. „Un meurtre a été commis à Zurich, et l'homme que nous soupçonnons de ce crime s'est suicidé."

Lorsque les parents Nilsson la regardèrent avec étonnement, elle s'empressa d'ajouter: „Svenja connaissait les deux hommes, et je pense que le motif des deux actes était la jalousie."

Le père Nilsson pesa sa tête. Il semblait comprendre la situation, mais ne savait pas quoi dire. Il fallut beaucoup de temps avant que la mère ne remarque contrariée: „Je ne pense pas que notre fille ait eu des liaisons aussi douteuses. Elle était belle et attirante, mais timide. Je ne peux pas m'imaginer qu'elle ait joué avec deux hommes au point de les amener à s'entretuer."

„Je n'ai pas dit ça, mais je sais qu'un collègue d'université, un peu plus âgé qu'elle, la courtisait – apparemment sans succès. Elle est tombée amoureuse du directeur d'une start-up biomédicale et était heureuse avec lui pendant quelques semaines. Puis elle a disparu sans explication. Maintenant, les deux hommes sont morts. J'espère que vous pourrez répondre à deux questions: Pourquoi Svenja a laissé son ami, la future victime, sans lui dire au revoir? Que savait le collègue méprisé, le meurtrier présumé, de sa mort? Je n'arrive pas à me débarrasser du de l'dée qu'il s'est mis dans la tête que

Svenja s'était suicidée par amour déçu." Laura attendait, espérant que les Nilsson rompent enfin leur silence.

„Je comprends ce que vous voulez dire, et cela semble logique." Venant d'un physicien, c'était un grand compliment. „Vous êtes probablement juste dans votre hypothèse. Jane, dis à la commissaire ce que tu sais!"

La mère hésita à répondre, mais acquiesça finalement: „En effet, Svenja s'est moquée une fois d'un collègue avec lequel elle préparait un examen. Elle disait qu'il était assidu et intelligent, mais sans imagination et assez collant. Elle ne m'a jamais parlé d'un grand amour... „, soudain des larmes coulèrent sur ses joues. „Mais c'est peut-être vrai. Peu avant sa mort, elle n'est pas rentrée à la maison pendant quelques semaines et au téléphone, elle semblait plus heureuse que jamais." Maman Nilsson se tut.

Laura ne voulait pas presser la femme et attendait patiemment la suite.

Finalement, le père Nilsson vint à la rescousse et aborda le point crucial: „Je suppose que vous vous demandez ce qui a poussé Svenja à se suicider au milieu de cette période heureuse. Nous ne le savions pas non plus pendant longtemps. Un jour, notre fille est rentrée à la maison complètement déprimée et a dit qu'elle avait désespérément besoin de vacances. Le lendemain, elle est partie en Suède pour passer quelques jours chez à ma sœur qui vit au bord de la mer. Deux jours plus tard, ma sœur nous a téléphoné alarmée et dit que Svenja était allée dans la mer. C'était en décembre! À cette époque de l'année, la mer n'est pas seulement glaciale, dans la baie devant la maison, il y a en plus un dangereux 'undertow' à marée basse ... „, il regarda Laura en cherchant le mot.

„Reflux, je pense, mais continuez, s'il vous plaît.“

„Le corps de Svenja n'a jamais été retrouvé, mais elle a pu survivre pour quelques minutes à peine dans cette eau froide.“ Nilsson enfouit sa tête dans les mains et mit du temps à se rattraper: „Elle est certainement morte, mais nous avons mis du temps à l'accepter.“

„Vous ne savez pas pourquoi elle s'est suicidée?“

„Pas pour longtemps“, intervint la mère. „Nous ne l'avons découvert que lorsque j'ai enfin trouvé la force de vider sa chambre. Dans son bureau, j'ai trouvé une enveloppe de l'hôpital cantonal de Zurich contenant des analyses médicales. Mon mari et moi en savons rien. Nous nous sommes donc rendus à Zurich pour nous faire expliquer les résultats. Là, nous avons appris que Svenja s'était fait examiner pour la fatigue, des douleurs articulaires occasionnelles et un nœud dans la poitrine.“ Mme Nilsson avala à vide et se tût.

Son mari s'empressa d'intervenir et expliqua que Svenja avait un cancer du sein avancé et que les métastases s'étaient déjà propagées aux ganglions lymphatiques et à de nombreux autres organes. Un traitement avait peu de chance de succès à ce stade avancé. „Deux jours après avoir reçu cette nouvelle destructrice, Svenja s'est noyée.“

Laura était bouleversée. Qu'est-ce que cela avait dû signifier pour une étudiante réussie et heureuse d'apprendre qu'elle devait mourir. Elle comprenait la décision désespérée de Svenja de s'épargner une grave souffrance, et elle admirait son courage. Pour sa part, elle n'aurait probablement pas eu le courage de se jeter dans une mer glacée.

„Y a-t-il autre chose que vous devez savoir?" demanda Nilsson. „Sinon, nous aimerions rentrer chez nous maintenant." D'un mouvement de la tête, il désigna sa femme qui, affalée dans sa chaise, regarda dans le vide.

„Juste une question. Il est important pour moi de savoir si quelqu'un vous a contacté pour se renseigner ou se trouvait votre fille."

Nilsson haussa les épaules, mais sa femme prit le relais: „Deux jeunes hommes ont appelé et je leur ai dit que Svenja s'était suicidé."

Lorsque des amis se renseignait d'une amie morte, la réponse était assez brusque, mais Laura ne donna aucun signe de sa désapprobation. „C'était quand?"

„Probablement en janvier, je ne m'en souviens pas exactement."

„Quand vous êtes-vous renseignés à Zurich sur la raison de la décision tragique de Svenja?"

„A la fin du mois de février ... „ Maman Nilsson s'arrêta et regardait Laura avec de grands yeux. „Vous voulez dire que si les hommes avaient su que Svenja était en phase terminale, l'un d'eux n'aurait-il pas tué l'autre et ensuite lui-même?"

C'était presque certain, mais Laura calma la femme: „Vous n'étiez pas au courant vous-même." Elle attendit un peu avant de poser une dernière question: „Connaissez-vous les noms des jeunes hommes qui vous ont appelé?"

Mme Nilsson réfléchit un instant. „L'un d'eux s'appelait Fred et était très amical. L'autre n'a pas donné son nom, ou je ne l'ai pas compris, et il a raccroché immédiatement quand je lui ai dit que Svenja s'était suicidé.“

Après que les Nilsson aient dit au revoir, Laura restait au café et réfléchissait sur le destin tragique de Svenja. Puis il était le temps à se mettre en chemin. Elle ralluma son téléphone et vérifia les appels manqués entre-temps. Quelqu'un de Zurich avait essayé de la joindre à trois reprises, mais aucun nom n'avait été répertorié. Elle rappela.

„Doris Straub. C'est vous, Mme Crameri? Je suis rentrée chez moi aujourd'hui et si vous le souhaitez, nous pourrions nous voir.“

Bien que Laura ait préféré ne pas avoir une autre conversation difficile avec des proches en deuil, elle fixa une visite le lendemain. C'était inutile de demander Mme Straub, si son frère lui avait laissé une lettre d'adieu. Elle l'aurait certainement dit. Même si rien ne ressortirait de la réunion prévue qui pourrait clarifier l'affaire Sutter, la sœur avait le droit d'en savoir plus sur la mort de son frère.

Le voyage de retour s'avéra difficile, car elle avait de la peine à se concentrer sur la conduite. Ses pensées tournaient toujours autour du destin tragique de Svenja. D'autre part, elle était occupée à se préparer à la conduite de l'entretien avec Mme Straub. Même si Straub aurait facilement pu manipuler le spray, cela n'était de loin pas prouvé. Lors de la rencontre avec sa sœur, elle devait procéder prudemment et en aucun cas l'importuner avec des accusations non fondées.

Mme Straub salua Laura amicalement et la conduisit dans le salon spacieux, meublé de façon moderne. „Puis-je vous offrir du thé?"

Laura, qui préférait habituellement le café, accepta l'offre avec gratitude. Pour son estomac nerveux, le thé était mieux aujourd'hui.

Mme Straub apporta le thé, s'assit avec Laura et prit l'initiative d'ouvrir la conversation: „Je n'ai pas trouvé de lettre d'Ernst dans ma boîte aux lettres. Pourquoi est-ce si important pour vous?"

Laura avait mis au point sa procédure: „Je vais vous raconter une histoire et vous en tirerez vos propres conclusions. D'accord?"

„Si vous le pensez ... „

Laura commença son récit par l'examen, que Svenja avait préparé avec un collègue, et dont ils voulaient fêter la réussite ensemble au bar du Central. Puis un jeune homme leur avait offert une coupe de champagne.

La sœur de Straub l'interrompt: „C'est très gentil de votre part de ne pas avancer le nom de mon frère. Vous pouvez vous épargner cette peine. Ernst est venu directement du bar chez moi et m'a raconté sa défaite."

Laura poussa un soupir de soulagement. Cette confirmation lui permit de faire un bon pas en avant. „Merci pour votre franchise. Jusqu'à présent, je n'ai eu qu'une preuve indirecte que votre frère était le compagnon de Svenja."

"Continuez, s'il vous plaît, pria Mme Straub. „Je ne connais pas la suite de l'histoire. Ernst n'en a plus jamais parlé et j'ai supposé qu'il s'en était remis. Apparemment, ce n'était pas le cas."

Laura racontait que la jeune étudiante et l'homme qu'elle avait rencontré au bar étaient devenus un couple heureux. Soudain, Svenja avait disparu sans laisser de traces. „J'ai appris hier seulement qu'elle est allée dans l'eau glacée en plein hiver." Laura laissa à Doris Straub le temps de réfléchir à ce qu'elle avait entendu.

„Est-ce que ce charmeur du bar la larguée?"

„J'ai bien peur que ce soit exactement ce que votre frère a pensé."

„Et sur la base d'une telle vague hypothèse, vous le soupçonnez d'avoir assassiné son rival", fit remarquer Doris Straub avec reproche.

Laura leva ses aisselles et écarta les mains. Son geste apologétique, mais aussi interrogateur, avait un effet apaisant. Doris Straub se pencha en arrière et ferma les yeux. Après un certain temps, elle admit à contrecœur. „Vous avez peut-être raison. Bien qu'Ernst ait été sociable dans le cercle familial, il n'avait guère d'amis et ne s'entendait jamais avec les filles. Svenja était son premier et seul amour. J'ai juste peur qu'il n'ait jamais osé le lui dire. Le fait qu'elle l'ait largué a dû l'affecter profondément."

Mme Straub fit un signe de tête réfléchi et continua: „Même enfant, il était vindicatif. Une fois, j'ai cassé son téléphone jouet par erreur. Il devait être triste, mais il ne l'a pas laissé paraître et n'a pas dit un mot à ce sujet. Deux mois plus tard, il m'a écrit une lettre dans son écriture enfantine me reprochant toute la misère du monde." Elle souriait lassée et prenait son temps avant d'ajouter: „Quand nous étions enfants, nous nous envoyions parfois des messages secrets ... „

Elle sursauta à l'improviste. „Nous avions l'habitude de les mettre sous nos matelas! Je n'ai pas pensé à regarder là." Elle disparut et, après de longues minutes, elle revint en larmes et pressa une lettre dans la main de Laura. „Je l'ai lu. C'est horrible!"

C'était la lettre d'adieu de Straub, écrite en petits caractères précis. Laura parcourut rapidement l'introduction évoquant les souvenirs enthousiastes de jeunesse et faisant éloge de sa relation cordiale avec sa sœur. Les paragraphes suivants traitaient du meurtre et elle les lit plus attentivement. La célébration ratée dans le bar s'était déroulée exactement comme elle l'avait reconstituée. Dans les lignes suivantes, Straub se plaignait amèrement, que la femme tant aimée l'ait quitté pour un playboy pompeux. C'était touchant, mais plutôt embarrassant. Puis suivit un passage qui intéressa Laura particulièrement:

J'ai secrètement observé le couple et je dois avouer qu'ils semblaient être heureux. Je devais l'accepter, même si cela faisait mal. Puis Svenja a soudainement disparu. J'ai demandé à l'institut l'adresse de son domicile et je me suis renseigné chez sa mère sur son sort. Elle m'a dit qu'elle s'était suicidée!

Peu de temps après, Sutter a épousé l'un de ces oiseux de nuit zurichois. J'ai alors su qu'il avait honteusement largué Svenja et je me suis juré de la venger. Je ne savais seulement pas comment faire.

Avec le temps, ma haine pour Sutter a un peu diminué. Puis, peu avant Noël, j'ai reçu une circulaire d'une pharmacie, qui cherchait d'urgence un inhalateur pour l'asthme à livrer à la 'KOKI'. Je savais que Sutter était le propriétaire de cette entreprise, et une fois, je l'ai vu utiliser un spray contre l'asthme. C'était comme un signe du destin! Après d'innombrables appels téléphoniques, j'ai enfin trouvé le médicament que je cherchais. Avec la vieille machine de remplissage dans l'arrière-salle de notre pharmacie, j'ai injecté de la capsaïcine dans un tube et j'ai livré le paquet à la 'KOKI'.

Ça m'est égal si et quand Sutter utilisera ce spray. J'ai fait mon devoir et je ne vois plus aucun sens à la vie.

Comprends-moi bien et pense à moi, parfois. Tu es la seule personne qui m'ait aimé.

Ton frère Ernst

Laura était profondément affligée. Ce n'était pas la même chose d'inventer une histoire aussi monstrueuse que de savoir qu'elle s'était réellement produite.

Après un long silence, Mme Straub demanda: „Pourriez-vous me laisser seule maintenant?"

„Vous êtes sûre de ne pas avoir besoin de support?"

„J'ai vu beaucoup de choses terribles dans ma vie. J'ai besoin de temps — et certainement pas d'une équipe de soins! Peut-être que plus tard, j'aimerais vous parler de cette histoire terrible. Puis-je vous appeler quand je serai prête?"

„Bien sûr." Laura s'apprêta à partir et jeta un œil à la lettre, mais décida de ne pas demander si elle pouvait l'emporter avec elle. „Au revoir. J'attends votre appel."

"Vous pouvez prendre la lettre avec vous, mais renvoyez-la-moi dès que vous en aurez fait une copie — bien que je ne sache pas si je veux la relire ou la brûler tout de suite."

Devant la maison, Laura s'alluma une cigarette et restait longtemps perdue dans ses pensées. Puis elle appela Kuhn. „Paul, mon idée fixe s'est confirmée. Straub a assassiné son rival. Svenja souffrait d'une maladie incurable et s'est suicidé, Mais Straub pensait que Sutter l'avait honteusement abandonnée et qu'elle s'était suicidée pour cette raison – quel malentendu fatal!"

Annexe scientifique

Principes et techniques biologiques pour les lecteurs intéressés. Ces aspects ne sont pas nécessaires pour comprendre l'intrigue.

I Navette pour gènes

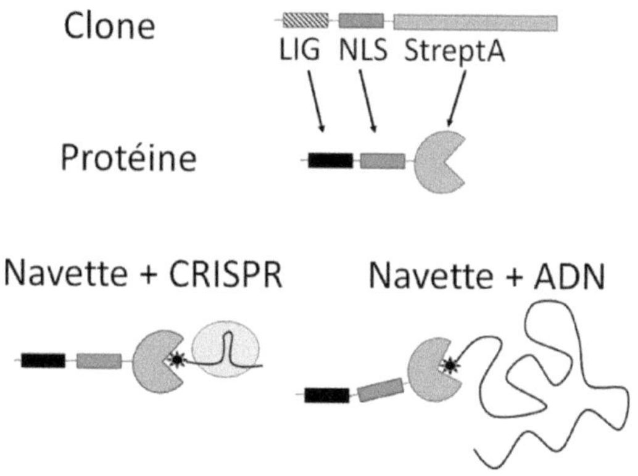

De nouveaux gènes peuvent être assemblés à partir de segments d'autres gènes et de séquences synthétiques d'ADN. La construction est clonée et. Selon besoin, la protéine correspondante peut être produite dans des cultures cellulaires.

La navette décrite ici a été construite. Cette protéine de transport se compose du ligand (LIG) par lequel la vitellogénine s'arrime à des récepteurs spécifiques à la surface de l'ovocyte. Un signal (NLS), inséré à côté, assure le transport dans le noyau de la cellule. De plus, la navette contient de la streptavidine (StreptA), une protéine bactérienne qui fixe la vitamine B8 (biotine*). Cette molécule peut facilement être incorporée dans les extrémités des molécules d'ADN. Ainsi, des gènes peuvent être liés à la protéine de transport.

Le complexe navette-ADN est injecté dans la circulation sanguine, circule dans le corps et se lie aux récepteurs présents uniquement à la surface de l'ovocyte. Ce transport ciblé de gènes vers l'ovocyte, situé dans l'ovaire d'une femelle vivante, ne fonctionne, jusqu'à présent, que chez les espèces dont les œufs sont riches en vitellus (jaune d'œuf), voir annexe II.

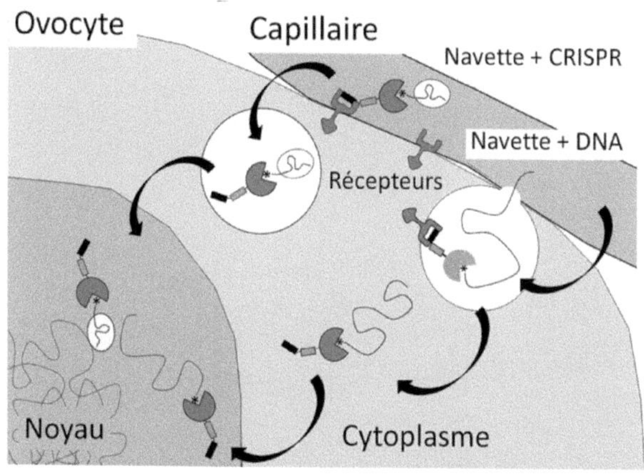

Chez les espèces produisant des œufs riches en réserves nutritives, comme les amphibiens, la protéine principale du jaune d'œuf, la vitellogénine, est formée dans le foie et atteint l'ovaire par la circulation sanguine. Une courte séquence d'acides aminés, le ligand, s'arrime à des récepteurs présents à la surface de l'ovocyte. Par une invagination de la membrane cellulaire (endocytose), la protéine est introduite dans l'ovocyte et stocké dans le cytoplasme comme réserve alimentaire pour le futur développement embryonnaire.

La navette, injectée dans la circulation sanguine, est absorbée par les ovocytes de la même manière, grâce au ligand de la vitellogénine incorporé. L'adresse nucléaire (NLS) sert ensuite de médiateur pour le transport dans le noyau cellulaire.

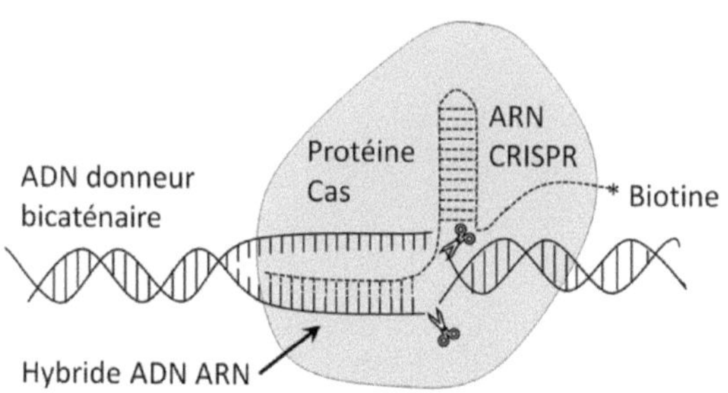

CRISPR-Cas9 est un complexe ARN-protéine qui permet aux bactéries de se défendre contre des phages. À cette fin, les bactéries utilisent de petits morceaux du génome du phage pour reconnaitre d'infections ultérieures. À l'origine, CRISPR-Cas9 des bactéries contient deux molécules d'ARN (Clustered Regularly Interspersed Short Palindromic Repeats) reconnaissant des endroits spécifiques dans le génome. Ils sont entourés de la protéine Cas 9 qui coupe l'ADN. Pour les applications de génie génétique, de ces ciseaux contenant un seul ARN ont été développés. L'ARN CRISPR est synthétisé de manière complémentaire à la séquence du gène que l'on veut couper. Ce ciblage précis facilite l'échange génétique (annexe IV).

L'ARN CRISPR peut être allongée pour que son extrémité sorte de l'enveloppe protéique, et un nucléotide biotinylé y est inséré. Ainsi, la navette transporte ces ciseaux génétiques, tout comme l'ADN.

IV Recombinaison génétique

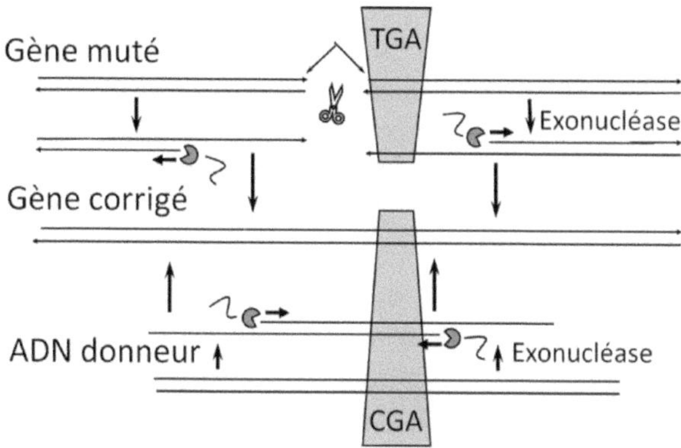

Les modifications génétiques transmises par les parents se retrouvent dans toutes les cellules de la progéniture. Au cours de la vie, cependant, des nouvelles mutations, dites somatiques, surviennent également dans des cellules individuelles du corps.

Selon l'ampleur de la mutation, la fonction contrôlée par le gène peut n'être que légèrement ou pas du tout affectée. Souvent, la fonction génique est dérangée ou complètement détruite. En fonction du gène affecté et de l'endroit touché, une mutation peut être létale. Des modifications géniques peuvent entrainer des traits visibles de l'extérieur (mutation du phénotype).

Un échange entre des segments d'ADN similaires ou identiques (recombinaison homologue) se produit surtout pendant la méiose (division de maturation) des gamètes. Il mène à l'échange génétique entre les chromosomes homologues paternels et maternels et augmente ainsi la variabilité génétique.

Une des préoccupations actuelles de la manipulation génétique est de corriger les gènes défectueux par recombinaison homologue artificiellement induite. À cette fin, CRISPR-Cas9 est utilisé pour couper le gène ciblé. Ceci permet à des exonucléases présentes dans la cellule de s'attacher aux bouts libres de l'ADN et de digérer l'un des brins, créant des segments d'ADN monocaténaire. La même chose se produit aux extrémités de l'ADN linéaire du donneur introduit. Les brins complémentaires du gène et du donneur s'unissent pour former un ADN double brin. De cette façon, la séquence génique intacte du donneur est insérée à la place de la région défectueuse du gène ciblé et celle-ci est corrigée (rescue).

V Sauvetage d'une mutation létale

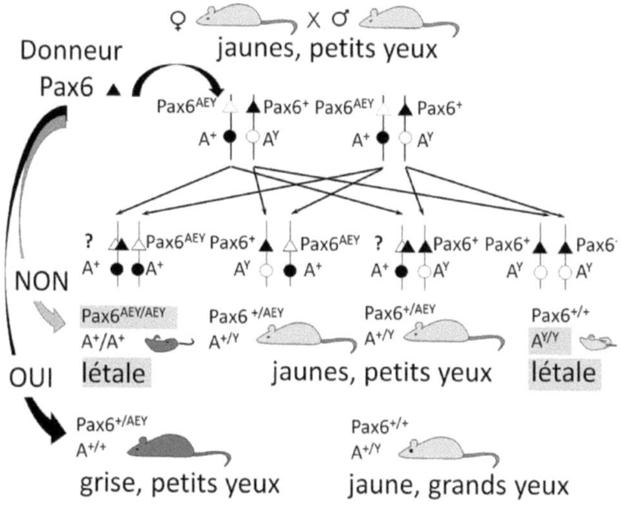

De nombreuses mutations à l'origine de maladies humaines sont également connues chez la souris. Les gènes correspondants sont presque identiques. Cela permet de mener des expériences préliminaires sur un modèle de souris. La correction génétique prévue ici concerne un facteur létal récessif. Chaque individu (diploïde) possède un ensemble de chromosomes maternels et paternels. Ainsi, chaque gène est présent en deux copies (allèles). Les individus portant un allèle récessif létal et un allèle normal survivent la plupart du temps. Si les deux copies sont défectueuses, le porteur n'est pas viable.

La mutation AgoutiYellow (Ay) de la souris provoque une coloration jaune de la fourrure. Grâce à l'allèle Agouty+ normal sur l'autre chromosome, les animaux

A+/Y hétérozygotes sont jaunes et viables. Si les deux allèles sont mutés (Ay/y), les fœtus meurent. La mutation Pax6AEY11 a un comportement similaire. Les individus Pax6+/AEY ne développent que de petits yeux mais survivent. Les animaux Pax6AEY/AEY meurent.

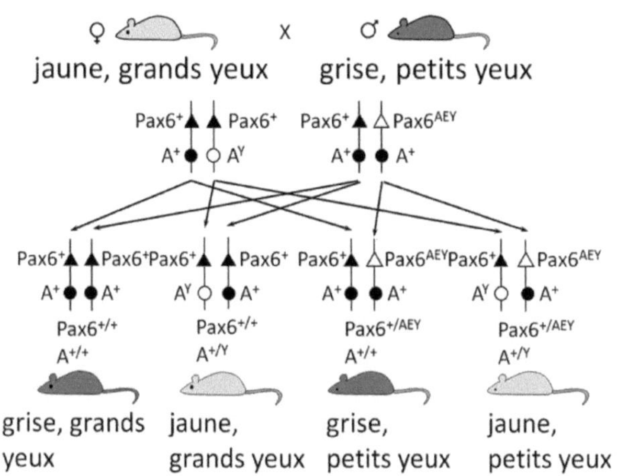

L'expérience décrite, visait à corriger le gène Pax6^{AEY} (annexe VIII). Sans correction génétique, seule une progéniture jaune avec de petits yeux pouvait surgir du croisement. Si le sauvetage génétique avait réussi, des souris grises avec de petits yeux et des individus jaunes avec de grands yeux devaient également naître.

Afin de pouvoir présenter de tels animaux issus d'un sauvetage, le tricheur mit en place un croisement séparé, produisant les souris désirées, à savoir jaunes avec de grands yeux et grises avec de petits yeux, mais aussi des souris grises avec de grands yeux. Comme il est assez difficile de distinguer les grands et les petits yeux chez les jeunes animaux, il mit aussi des souris grises aux grands yeux dans la progéniture expérimentale, et l'escroquerie fut mise à jour.

VII Donneur Pax6 modifié

Gène Pax6 normal (à partir de position 781)

```
AACTCCATCAGTTCTAACGGAGAAGACTCGGATGAAGCTCAGATGCGACTT
 N  S  I  S  S  N  G  E  D  S  D  E  A  Q  M  R  L
```

Mutant Pax6^{AEY11}

```
AACTCCATCAGTTCTAACGGAGAAGACTCGGATGAAGCTTAGATGCGACTT
 N  S  I  S  S  N  G  E  D  S  D  E  A  STOP
```

ADN donneur modifié

```
AACTCCATTAGCAGTAACGGCGAGGATTCGGATGAAGCTCAGATGCGACTT
 N  S  I  S  S  N  G  E  D  S  D  E  A  Q  M  R  L
```

La mutation Pax6^{AEY11} correspond à l'échange d'un seul nucléotide dans le gène Pax6. Dans le codon obré en gris, une thymine (T) a remplacé une cytosine (C), changeant le codon CAG pour la glutamine (Q) en TAG qui ne correspond à aucun acide aminé et signifie l'arrêt prématuré de la traduction. Par conséquent, la protéine Pax6 n'est pas complètement produite.

Pour corriger cette mutation (annexe V), l'ADN a été coupé à proximité du défaut avec CRISPR-Cas9. La région correspondante du gène donneur était modifiée afin qu'elle ne soit pas coupée par CRISPR-Cas9, ce qui détruirait le gène de sauvetage. Grâce à la dégénérescence du code génétique, plusieurs nucléotides (soulignés) peuvent être changés sans que la protéine soit modifiée. Par contre, CRISPR-Cas9 ne reconnait plus cette séquence

VIII Dégénérescence du code génétique

	Deuxième lettre								
	T		C		A		G		
T	TTT	Phe F	TCT	Ser S	TAT	Tyr Y	TGT	Cys C	T
	TTC	Phe F	TCC	Ser S	TAC	Tyr Y	TGC	Cys C	C
	TTA	Leu L	TCA	Ser S	TAG	Stop	TGA	Stop	A
	TTG	Leu L	TCG	Ser S	TAA	Stop	TGG	Trp W	G
C	CTT	Leu L	CCT	Pro P	CAT	His H	CGT	Arg R	T
	CTC	Leu L	CCC	Pro P	CAC	His H	CGC	Arg R	C
	CTA	Leu L	CCA	Pro P	CAA	Gln Q	CGA	Arg R	A
	CTG	Leu L	CCG	Pro P	CAG	Gln Q	CGG	Arg R	G
A	ATT	Ile I	ACT	Thr T	AAT	Asn N	AGT	Ser S	T
	ATC	Ile I	ACC	Thr T	AAC	Asn N	AGC	Ser S	C
	ATA	Ile I	ACA	Thr T	AAA	Lys K	AGA	Arg R	A
	ATG	Met M Start	ACG	Thr T	AAG	Lys K	AGG	Arg R	G
G	GTT	VAL V	GCT	Ala A	GAT	Asp D	GGT	Gly G	T
	GTC	VAL V	CCC	Ala A	GAC	Asp D	GGC	Gly G	C
	GTA	VAL V	GCA	Ala A	GAA	Glu E	GGA	Gly G	A
	GTG	VAL V	GCG	Ala A	GAG	Glu E	GGG	Gly G	G

Première lettre (colonne de gauche) — *Troisième lettre* (colonne de droite)

Le code génétique est formé par quatre nucléotides: Thymine - T, cytosine - C, adénosine - A et guanine - G. Des groupes de trois nucléotides (triplets) forment un codon. Pour former une protéine, une copie d'ARN messager est transcrite à partir du gène. Dans l'ARN, l'uracile (U) est utilisé à la place de la thymine. Le début du messager contient un signal, suivi d'AUG, sur lequel les ribosomes commencent à traduire la séquence de nucléotides de l'ARN messager en séquence d'acides aminés. Un ARN de transfert, qui reconnaît un triplet spécifique, apporte l'acide aminé correspondant.

La combinaison libre de quatre éléments en groupes de trois, donne 64 possibilités. Le signal de départ, AUG, code pour la méthionine. Il n'existe pas d'ARN de transfert correspondant pour trois codons, et la traduction est arrêtée à ces codons stop. Les 60 codons restants ne codent que pour 24 acides aminés, et plusieurs groupes de trois peuvent donc représenter le même acide aminé (dégénérescence du code génétique).

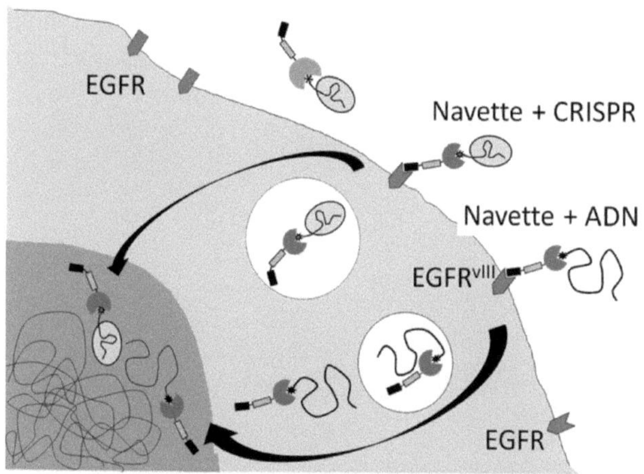

Le facteur de croissance épithéliale (EGF) réagit avec des récepteurs à la surface des cellules épithéliales de la peau et peut stimuler la division des cellules normales et tumorales. Certaines cellules tumorales possèdent des récepteurs EGFR^{vIII}, différents de ceux des cellules normales et liant des ligands spécifiques. L'activation de ces récepteurs contribue à la prolifération incontrôlée des cellules.

Dans l'expérience fictive décrite, le ligand EGF^{vIII} a été incorporé dans la navette, qui transporte maintenant sélectivement l'ADN donneur et les ciseaux à gènes dans les cellules cancéreuses. L'insertion simultanée du gène donneur et des ciseaux à gènes facilite la recombinaison génétique (annexe IV).

Dans les expériences décrites, deux gènes différents ont alternativement été introduits. Le gène Bcl-2 déclenche la mort cellulaire programmée et élimine ainsi les cellules tumorales. Cela présente certains dangers s'il pénètre dans d'autres cellules du corps. C'est pourquoi, alternativement, le gène P53 a été introduit, qui inhibe la division cellulaire incontrôlée et est moins nocif lorsqu'il est transporté dans des cellules saines.

Mot d'accompagnement et remerciements

L'histoire et les personnes de ce roman sont fictives. Des similitudes avec des faits réels seraient purement accidentels mais désirables. Pourtant, certaines anecdotes se sont déroulées réellement et les approches biomédicales décrites pourraient probablement être réalisées à l'aide des techniques actuellement à disposition.

Je remercie ma femme, Elisabeth pour ses suggestions pertinentes, Ueli Schibler pour nos discussions stimulantes et sa révision des passages scientifiques, ainsi que Christoph Wildhaber pour l'examen critique des aspects juridiques.

Auteur

Duri Rungger, né en 1941, a suivi les écoles à Coire et a étudié à l'Université de Zurich. Il devint professeur de Biologie à l'Université de Genève et passa des séjours de recherche en Italie, Allemagne et aux USA. Depuis sa retraite, il vit à Aarau. «Manipulation fatale» est traduit de son sixième roman policier.

Romans policiers de Duri Rungger:

Kein Fall in Disentis, 2010, ISBN 978-3-85830-161-1

Chur im Blues, 2013, ISBN 978-3-85830-168-0

Der afrikanische Janus, 2015 ISBN 978-3-85830-185-7

Tod am Silsersee, 2017, ISBN 978-3-85830-219-9

Mord am Bellevue, 2018, ISBN 978-3-85830-244-1

Fatale Manipulation, 2020, ISBN 9 783752 945492